U0025733
入間人間
原作、插畫／仲谷 鳰
終將成為妳
關於佐伯沙彌香
(1)
Bloom Into You:
Regarding Saeki Sayaka
Kadokawa Fantastic Novels

即使經過了
無法回想起的漫長時間，
也不會消失。
無論傷痕、
無論溫度、
無論一切。

Table of contents

Bloom Into You:
Regarding Saeki Sayaka(1)

Presented by
Iruma Hitoma & Nakatani Nio

終將成為妳 關於佐伯沙彌香

（1）

Bloom Into You: Regarding Saeki Sayaka

入間人間

原作、插畫／仲谷 鳰

Kadokawa Fantastic Novels

5年3班　佐伯沙彌香

Bloom Into You:
Regarding Saeki Sayaka

說得傲慢一點，我早就知道自己是個能幹的人。

這邊所謂的能幹，是只要願意努力就會有成果，以及我能夠持續努力的意思。我認為我比其他小孩更早理解這兩件事情代表的價值與意義。

所以即使才藝課程多到填滿我放學後的時間，我也不覺得痛苦。

插花、書法、鋼琴、補習班，升上三年級之後還多了游泳課，我想下一個會增加的應該是英語會話班。能夠讓小孩子選擇的選項我大多都選了，我認為光是能夠選擇，就已經很幸運了。

即使從一個小孩子的角度來看，我家也是比其他人家氣派。

有漆黑的大門、左邊有幫傭專用的小門、腹地內的庭院種了很多樹、圍牆很高，從外頭無法輕易看見裡面。

比建造在對面的整棟淺綠色公寓還要寬敞的家。

住在家裡的有父母、我、父親這邊的祖父母，以及兩隻貓。相較於居住人數，這個家真的很大。

在這裡出生、成長的我，不可以是個不成材的小孩。

我在沒有人教誨的情況下自然地這麼認為，當然，因為不是別人告訴我，所以我不知道這是否正確。不過當我明確地行動，並得出好結果時，家人都不會顯得不悅。應該不會有父母因為小孩優秀而不高興吧。

所以今天我也先回家一趟，放下書包之後，馬上準備去才藝班上課。

我父母都有工作，所以家中一片寂靜。今天祖父母沒有外出，因此也沒有幫傭過來。我來到廚房，喝了一杯水，即使只是走過小學到家裡的距離，也是很口渴。排氣扇的另一頭傳來了蟬鳴。

我拿著裝好游泳用具的包包離家，並且沒有直接往才藝班去，而是稍微繞了一下路。我沿著家中圍牆繞過去，看了一下庭院這邊。家裡養的貓多半會在連接祖父母起居小屋的小通路上。牠們分別是玳瑁和乳牛貓，今天也坐在通道上。兩隻貓其實都沒養多久，但牠們似乎已經習慣這裡的環境，即使我靠過去也不會逃走。心情好的時候就算去摸，牠們也會很溫順，但今天不知如何。

我蹲下去摸了摸乳牛貓，貓咪抬起頭表現出抗拒的態度並速速離開，接著與玳瑁貓會合，躲去陰影底下了。

「可惜。」

我目送貓咪離去，決定前往游泳班上課。我每星期要上一次游泳課，安排在星期三。雖然我不是刻意這樣安排，但星期三（水曜）上游泳，都跟水有關係，還滿好記的。我穿過大門，來到外面。

走在住宅區途中也能聽到無止盡的蟬鳴，仔細聆聽就可發現左右兩邊蟬兒鳴叫的方式不同，我交互看著左右兩邊的景象，心想或許是因為生長的品種不同之故。

平凡無奇的鄰近風景在我的眼中扭曲。

或許因為夏天的熱氣影響，總覺得耳鳴不斷。

來到大馬路上，走過兩條行人穿越道，接著大概還得直直走個十分鐘左右吧。

我是在鎮上的一家小型游泳班上課，那邊的外觀上像一般大樓那樣呈細長型，櫃台設在二樓，而教學用泳池則設在地下一樓。我不知道一樓作什麼用途，也不知道可以從哪邊進入一樓，是一棟有些神奇的建築物。

隔壁連著一座大型收費停車場，職員叮嚀過我們很多次，出入時要注意車輛。教室前面停了兩輛巴士，我邊以眼角餘光眺望抱著搬運輪椅和人的狀況，邊準備登上通往游泳班入口的樓梯。

「啊，佐伯同學。」

途中，我因為有人喊了我的名字而回頭，是一個跟我一起上課的女孩子。她還揹著書包，似乎沒有先回家，放學了就直接過來。

我跟她就讀的小學不同，並不是太親近的關係。

哎，其實我不太跟同個游泳班的同學一起玩耍就是。

女孩用一步跨過兩階樓梯的方式追到我身邊來。

「午安。」

我雖然跟她打招呼，但說真的我不喜歡她。

「佐伯同學沒去上學嗎？」

「咦？」

她問了我莫名其妙的問題。我邊看著她邊穿過自動門，走進建築物內。坐在櫃台裡面的職員露出笑容招呼我，我回以一個笑容之後，拿出上課證。
職員收下女孩也一併遞出的上課證後，交給我們鑰匙，那是更衣室置物櫃的鑰匙。我看了置物櫃號碼，跟女孩離得有些遠，偷偷安心了一下。
房內冷氣很強，脖子附近整個涼了起來。櫃台左邊是一整面落地玻璃，可以一眼望盡地下室的游泳池，偶爾可以看到參觀的人在這裡觀看上課狀況。在不甚強烈的燈光照耀下，泳池表面勾勒出平穩的光之波紋。
我在前往更衣室途中詢問女孩：
「剛剛那個問題是什麼意思？」
「因為妳皮膚很白啊。」
這麼一說確實，七月才開始沒多久，但女孩已經曬得黝黑。原來如此，跟她相比之下，我的確不算有曬黑。
「我還以為妳都不出門。」
如同呼應膚色般漆黑、長度約到後頸的頭髮搖晃著。明明還沒下水，但那頭髮已經帶著濕潤般的沉甸甸質感。我邊看著她的頭髮，邊簡單扼要回答：

「怎麼可能。」

這個回答並不特別有趣，確實也沒必要回得有趣。

「說得也是，佐伯同學這麼正經。」

她的意見和表情一樣瞬息萬變。個子比我稍矮一點，額頭整個曬黑到髮際線的位置。如果她的頭髮再短一些，說不定會被誤認成男生。

「畢竟班上最認真的就是佐伯同學了。」

女孩單方面一直說話讓我覺得有點煩，除了我很不喜歡像她這種明明不算熟卻一直過來裝熟的人之外，還有一個原因。

「或許吧，然後最不認真的就是妳了。」

「嗯呀。」

即使指出事實，但女孩也一副不覺得這樣不好的態度般毫不在乎。

看樣子若要比臉皮厚，我是不可能贏她了。

我走過自動販賣機前面，進入更衣室。上下兩層式的置物櫃設滿整面牆，洗臉台的地方分別有三面鏡子和水龍頭，一位職員正在用抹布打掃那裡。

我打開號碼與鑰匙一致的置物櫃，放入包包。跟我一起進來的女孩也一樣把書包塞了進去，接著面向這邊，我和她對上了眼。

「怎麼了？」

「沒什麼。」

我真的沒事找她，也對她沒興趣。

我脫了衣服，換上游泳班規定的泳衣，這回換我感受到視線而瞥了一眼過去，女孩維持手伸在置物櫃裡面的狀態，還在看我。

「怎麼了？」

這回換我發問，被這樣一直盯著瞧並不是太愉快。

「沒有喔。」

女孩立刻別開臉，拿出泳衣和泳帽。到底怎麼回事啊？

我明明沒興趣親近她，但是她看到我就會找我搭話。

我先到泳池，打開跟進來更衣室不同、設在裡面的門，經過散發淺綠色光芒的緊急出口指示燈，走下樓梯。每往下一階，就覺得濕度提高，當鼻腔內充滿氯氣的氣味時，游泳池就正好出現在眼前。
雙腳泡進入口的消毒水池內，因為冰冷的水而背部顫抖。
幾個跟我上同一班的小孩已經在游泳池畔暖身，我跟他們和指導老師打招呼。從我的角度來看，這位個子比父親還高大的老師，因為皮膚略黑、穿著橘色襯衫，給我一種非常陽光的印象。實際上，他說起話來爽朗，可以聽得很清楚。
沖完水、戴上泳帽之後，我也跟其他小孩一樣開始暖身。還沒有人下水的泳池水面平靜到給人一種甚至可以走在上面的錯覺，有些昏暗。
泳池分成六條水道，長二十五公尺。
我曾經算過要多少人並排，才可以填滿泳池的長度。
當我在伸展順便拉筋的時候，女孩才姍姍來遲，她也一樣跟其他同學打著招呼，不知為何往我這邊過來。儘管穿著同款式泳裝，但手腳曬黑的程度給人大不同的印象。她曬得恰到好處，甚至讓人猜想是不是刻意去曬才這麼均勻。只有泳裝邊緣有些許原本白色肌膚暴露在外。
「室內泳池真好，不會曬黑。」

「……我想妳應該沒差了吧。」

「哎呀，妳說得真對。」

女孩邊說「沒錯沒錯」邊哈哈笑著去沖水。雖然我覺得她不必刻意找我攀談，但她該不會以為我是她朋友吧。

沖完水之後，女孩也沒有暖身，只是在游泳池畔看著水面。

她就是這種人。

因為課堂學生都到齊了，職員於是從裡面出來。今天是平日，包含我在內只有六個學生。雖然想也是當然，但週六、日來上課的人似乎多很多。

我邊觀察並排的小孩，邊捏了捏自己的手臂。

確實，這裡面就屬我的皮膚最白，是因為我午休都不到外面玩耍嗎？

課程按照所屬班級劃分，我目前是中級班。這裡採用了按階段分別指導，合格之後才可以進入下一階段課程的方式。高級班似乎大多是升上中學之後才會編入的班級，所以儘管無可奈何，但我並不喜歡中級這個分班。

要練就要升上高級。

但不管我怎麼做，年齡都無法超前。既無法追上，也無法等待。

我想起家裡的貓咪和祖父母的模樣。

在職員集合學生說話的時候，遠處傳來水花聲。我瞥了一眼，果然就是那個女孩。那女孩從未乖乖接受指導，只是隨性地游、隨性地走。一開始大人也是會嘮叨她，但現在已經放棄了不想管她，加上水道夠用，並不會對指導其他小孩造成任何問題。話雖如此，當然不可能沒問題。

女孩常常像這樣不認真，她並不追求增進泳技，只是隨性地玩著。我不懂她為什麼要來上這個才藝班，所以我沒辦法喜歡她，應該說，我看她不順眼。我可是很認真練習，但她在一邊玩耍只會礙事。

而且她的個性開朗到似乎完全不在意周圍眼光，似乎真的什麼也沒多想。雖然這樣看起來快活，但我想我一定無法忍受。

游泳課大致會上一個小時，一開始會讓我們在水裡走動簡單地暖身，接著才開始指導游泳技巧。我雖然不知道職員都是什麼經歷，但我認為他們很會教。接受指導之後，只要照著指導的內容去做，就能感受到水的阻力減少了。

應該是無謂的動作變少了吧。看看其他小孩游泳的方式，動作看起來也變得熟練不少。

因為是需要用到全身的活動，所以比其他才藝更容易發現是否更加上手。

就這樣，指導大約會進行四十分鐘。指導結束後，會讓學生分別進入水道，游二十五公尺並計時。職員會在這時指定游什麼式，今天是蛙式。大致上都會指定今天的指導內容。

因為有六條水道，這班有六個人，所以剛好可以一起游。完全沒上課，只是在一旁玩耍的那個女孩也會參加這個項目。雖然不是刻意安排，但我跟她就在隔壁水道。

上了這麼久的課，即使泡在水裡也覺得耳朵很熱。女孩臉上看不出疲勞神色，天真地對我露出潔白牙齒而笑。說起來，她有需要藉由游這二十五公尺確認什麼嗎？上課時間都在玩耶。

笑容可能只是想表示友好，但我心裡不想輸給她的情緒更是強烈。

老實說，我認為自己並不擅長運動，不過既然我都認真學了，還是希望能獲得相應的成果。如果我游得比什麼都沒做的人還慢，會令人非常傷心。

事情就是這樣，我認真地覺得要加油。

職員拿出碼錶和哨子，示意大家準備。

因為並不會先喊預備再吹哨，所以很難迅速反應。潛入水裡，沉浸在妨礙聽覺的水下聲音之中一蹬池壁，接著打直身體避免彎曲，腦中浮現直直前進的印象往前。

在一整片藍的水中，池底寫著教室名稱，只有這裡是白色。我看著字體流逝而去，為了不要浪費蹬牆獲得的動能而推進到極限之後，才開始蛙泳。

就在我抬起臉的瞬間，一道影子從旁竄出。

感覺好像遭遇一大群魚影。

隔壁水道的女孩轉眼間便拉開了距離。雖然我一下子很驚訝，但看到她的游法之後不禁傻眼地吐出水泡，因為她正游著自由式前進。是很快沒錯，但我只覺得這什麼啊。

迅速上下拍打的雙腳後方產生一道白色水花軌跡，我們也像是要追上她那樣將水往左右兩邊撥開。別說我游輸她了，這根本連比賽都算不上，她真的從頭到尾貫徹著不正經的態度。

雖然我比任性妄為的女孩慢，但還是勉強比其他同學更早游完。浮出水面之後，發現女孩滿足地、像是往後仰一般朝著上方。

並「哈——」地深深吐氣。

臉上應該帶著這六人之中最清爽的表情吧。

因為她不是學習，而是逕自做想做的事情，當然快樂啊。

不過這不會聯繫上之後的任何事物。

雖然很快，但不長久。我想，若我不這麼想，應該會對自己抱持疑問。

最後稍微在水中走一小段，並伸展一下，課程就結束了。賣力游了這一段之後上岸，便因為手腳如此沉重而吃驚。很像有一條看不見的手臂黏在肩膀上，把我往後面拉一樣。

我有點能理解魚兒不肯上岸的理由了，在水裡是那麼輕鬆。

我心想「或許就是這樣吧」並回頭，即使上課時間結束了，那個女孩仍一個人在泳池上漂浮。

腳上也忘了打水，與些許照明面對著面。

她在想些什麼呢？我跟她的個性天差地遠，完全無法想像。

「今天是佐伯最快呢。」

負責指導的職員這麼說，我儘管沒有回話，仍覺得滿意。不過這種說法讓我有些在意。

「今天？」

有必要特地這樣說嗎？

「之前我也是最快。」

「啊——嗯，是沒錯。」

職員顯得有些困擾地瞥了泳池一眼。

在餘波蕩漾的水面上，我只看到一個東西漂浮著。

……是沒錯，蛙式不可能比自由式快。

雖然我有些在意，但覺得無妨。

至少今天是第一。

我只是因為想聽到這種話，所以像是想快快長大般往前又往前。

既然要學習，不管哪種才藝我都要名列前茅，我是這樣打算著來上課的。

我幾乎沒有過讓人走在我前面的經驗。

雖說隨著夏季到來，天氣變熱是原因之一，但我基本上在學校午休時，都會乖乖待在教室。因為放學後的時間幾乎都拿去上才藝班了，所以我想趁空檔時間學習。到了這一步，朋友不會來約我出去，我也不會因此覺得寂寞。

跟朋友一起玩是很快樂，但也就跟提昇自己一樣快樂。

而若是一樣快樂，該以哪者為優先自然很清楚。

我今天反覆在筆記本上寫著同樣的漢字。

「佐伯沙彌香」。

這是我的名字，每一個都是小學課堂上還未學過的漢字，所以我必須自己練習書寫。我覺得一直只會寫平假名顯得很孩子氣，雖然我還是個小孩，但這樣會有種進步得比其他小孩慢的感覺。只要查過筆畫順序，這幾個都不是太困難的漢字。

這樣寫感覺很像只是依樣畫符，還沒能充分體會它就是我的名字。當我練習寫到熟練之後，發現最先覺得容易寫的是「伯」，而「香」這個字的上下平衡最難掌握，若不特別注意就會不小心寫太大。我決定下次去上書法班的時候，也要用毛筆練習寫名字。

這個名字有什麼意義呢？理解外觀之後，接著便想知曉意義而進行調查。學會一件事情，就會帶領你去學習下一項知識，每天就是這樣反覆。可以學習的事情太多了。

今天放學後要學鋼琴，因為是請家教老師來家裡教課，所以跟游泳班不一樣，沒有競爭對手。多虧我有學鋼琴，在學校上音樂課的時候也可以看懂樂譜，所以說不定鋼琴對我目前的生活其實最有幫助。老實說，在一般的校園生活中，插花實在很難說能派上用場。不過說不定有朝一日會在什麼地方用上。

成為中學生、成為高中生、成為大人時。

為了不要在那些時候後悔，我正做著許多準備。

練習完畢，闔上筆記本後，就像搭配好時機那樣聽見蟬鳴。

與庭院內群樹生長的家中相比，聲音顯得非常遠。豎耳聆聽便可發現在操場玩耍的小孩嬉鬧聲更明顯，教室裡面也很吵，只有我一個人保持安靜。

我不認為只要認真學習就能成為出色的人。

不過，我是否能夠搶先其他孩子一步呢？

我在喧囂之中，低語自己的名字。

浮現在腦海的名字，依然是以平假名呈現。

那天因為稍微晚了點，所以我從半路便跑了起來。

夏日如雨水貼上肌膚，汗水追逐般地隨後流下。

我跑得氣喘吁吁，比平常更加意識到地面如此堅硬。

我在玄關穿鞋時，家裡的貓難得地來頂了頂我的腳，因為貓沒有逃走，所以我一陪貓玩就花了不少時間。貓很可愛，我心想應該沒關係，直到開始奔跑起來前都相當滿足。但是當我滿頭大汗的時候，這些滿足已經消失了一半。

我邊因背部淌出的汗水感覺不快，邊抵達游泳班所在的大樓。登上階梯後，不禁停下腳步，因為那個女孩就在大樓入口。她正反覆從右邊兩個傘架抽出雨傘又放回去的動作，今天背後也揹著書包。

「啊，佐伯同學。」

她抽出綠色雨傘，抬起臉。我回頭確認今天的天氣後，歪頭問道：

「妳在做什麼？」

「我想說明明是晴天，但好多雨傘喔。」

「……是啊。」

我也認為確實是這樣，傘架上面大約有十把傘，帶著五顏六色的豐富色彩，可能是來上課的小孩忘記帶走，或者就是愛心傘一類的吧。女孩放回傘之後，來到我面前。

「妳今天流了很多汗耶，因為快遲到所以跑過來的嗎？」

她凝視著我的額頭理解了狀況。

「是這樣沒錯。」

「喔——嗯——」

才想說她把臉湊了過來，又立刻退後觀察著我。

我不悅地心想「有何貴事」地看了回去，她於是說：

「我沒看過妳跑步的樣子，有點無法想像耶。」

「是嗎？」

「因為妳有種千金小姐的感覺啊。」

雖然這感覺應該沒錯，但被人這樣說就是會覺得不太高興，為什麼呢？是不是因為除了自己累積下來的事物之外，關於出生或生長環境之類受到稱讚也不覺得高興，所以才有點疙瘩呢？

女孩很自然地來到我身旁。我瞇細了眼，像是瞪人般看著她。

「有何貴事？」

「沒有喔，只是想跟妳一起走。」

她邊說「過去那邊」並指了指方向，接著穿過自動門，冷氣好似要砸在臉上迎面而來。

我們在櫃台一如往常地拿上課證交換鑰匙，女孩看了看鑰匙上面的號碼笑了。

「置物櫃在隔壁耶。」

我不禁別過目光代替「嗯」的回答，總覺得可從落地玻璃俯瞰下去的泳池比平常更遙遠。

「唉唷，妳好像不情願。」

女孩指出。我冷漠地回了句「沒有啊」，女孩便「嗯——」地表現出煩惱的模樣。接著我們一起走，來到更衣室置物櫃前面後，女孩臉上恢復了爽朗的表情。

「我之前就想說該不會——」

「什麼？」

「佐伯同學是不是討厭我？」

她又當面輕易地問出難以啟齒的問題。

我以為這種事情是會因為感受到氣氛尷尬而刻意迴避。

總之，不需要「該不會」了吧。

「我老實說比較好嗎？」

女孩苦笑。

「這回答就等於已經說了嘛。」

「是啊。」

既然妳是這樣打算而問，這也是當然。

「好衝擊喔。」

女孩用額頭頂著置物櫃，明顯表現出失落態度。不過因為平常她總是在胡鬧，所以我不認為她是真心的。她本人知不知道這個狀況呢？

我不管她，打開置物櫃，從包包取出泳衣、泳帽、泳鏡。

「妳討厭我哪裡？」

女孩沒準備換衣服，繼續問我。她的眼光嚴肅銳利，我想這問題比平常更是認真許多，所以我也願意繼續陪她聊。

「妳問了想怎麼辦？」

「如果可以改我想改改看——」

她輕佻地說。就是這個部分。

「不認真的地方。」

「啊，這個喔——」

女孩斂起笑容。

「因為很礙事啊？周圍的人都認真地上課，只有妳顧著玩。」

反正事已至此，我就不客氣地全說了。女孩一開始因為我嚴肅的態度而害怕地顫了一下肩膀，但馬上就習慣了似地放鬆表情。她目光游移，不覺得哪裡不對地說：

「是這樣嗎？」

「就是這樣。」

「喔……因為我不太在意周遭眼光。」

嘴上說不在意，但為什麼介意是否被我討厭啊？

女孩低語了一聲「好」，之後打開置物櫃。

我不懂她是在好什麼，但我迅速換好泳衣之後先離開了。

離開更衣室前回頭一看，女孩緊抿著嘴默默地脫下衣服。

我來到泳池畔，一如往常地沖水後開始暖身，儘管我只是平靜地做著這些，仍不時看向更衣室那邊的入口。我有點在意女孩的狀況。

那個女孩來了，她沖過水之後難得地開始暖身。與平常相異的行為讓包含我在內的周遭所有人都騷動起來。女孩子熟練地伸展腿部。

然後在職員號令之下，六人排好隊伍……六人？其中五人的目光往右邊過去。

女孩一反常態，乖乖地聽從指示。大家露出一副「咦？」的表情，連職員也是。不變的是女孩，狐疑的是我。

女孩就這樣跟大家一起接受指導，沒有出言抱怨、沒有擾亂氣氛、壓抑自我主張，就像我這樣。我還以為她只是一時興起，但她一直沒有離開。

只有我大概知道女孩的態度為何會有這番變化。

在更衣室的互動就像絲線一般，聯繫到了這裡。

是因為我對她說，我討厭她不認真的態度嗎？

……我心想，為什麼？因為她這極端的變化而困惑。

難道過去她真的把我當成朋友對待嗎？

我潛在水下，女孩仍像泡泡般浮現在我腦海。

即使浮出水面回頭，女孩也一副理所當然的樣子在那裡。即使跟她對上眼，她也沒有說話，只是裝作沒看到的樣子活動著身體。如果能做到這樣，打從一開始這麼做不就好了。我心想她到底在想什麼，因此狀況跟平常不同，變成我一直注意著她。

女孩也沒有太過介意地參加了最後的計時賽。

我確定她今天應該會用同樣的游法參賽。

那我更是不能輸給只認真上了一天課的人。

我盡可能不要將對女孩抱持的競爭意識表現在外。

另一方面，也非常不安。

順從哨音，我和女孩一同踢蹬牆壁潛入水中。今天的課程是自由式。

與前次印象重疊的開端，簡直像預測未來那般，描繪出同樣的畫面。

這次我們採取同樣的游法、同樣地前進，距離漸漸拉開。我為了拉近距離而焦躁地打水，卻與她愈離愈遠。不管我怎麼掙扎、不管我怎樣抬肩振臂划水，似乎都追不上，最後只能看著她的腳底遠去。

我心想到底哪裡不一樣，對自己游泳的方式抱持著疑問，游完這二十五公尺。邊吐著大水泡浮出水面，先浮出水面的女孩像是迎接我一般凝視著我。

「今後我會認真上課。」

水滴滑過臉部將之劃分開來的女孩看著我。

我也沒有抹掉臉上的水，只是回看著她，覺得臉頰內側帶著些熱氣。熱氣是因為類似羞恥的情緒而來，我原本想說認真做絕對不會輸給她，結果竟是這樣。

「那個啊，我認真上課的話，妳願不願意跟我交朋友？」

女孩難得地像是表現出軟弱般，聲音愈來愈小。

她為什麼這麼想跟我交朋友啊？

我們一星期只會見面一次、一小時，而且看起來沒有共通話題啊。

……不過確實，若她不再那樣不認真，就沒有讓我討厭的部分了。

然而莫名其妙的抗拒感就像河底積淤的泥沙般存在。

「嗯。」

儘管還是有不認同之處，我仍心情複雜且沉重地接受。

接到我回應後，一星期見面一次的朋友安心地笑了。

那是一個彷彿無人水面般柔和的微笑。

我只有星期天不用上才藝班，但這也只是現在沒有才藝可以上，將來若是增加也不奇怪。我寫完作業後，聽到走廊傳來叫聲，於是出了房間。

玳瑁貓悠哉地走在走廊上，我不禁被牠尾巴左搖右晃的模樣吸引，打算靠過去時，貓就敏銳地察覺突然轉頭過來。我邊動著雙手手指邊說「午安」，貓只是看了我一會兒，馬上就撇過頭去。

然後牠跑走了，我忍不住追了上去。雖然在家裡的走廊奔跑可能會挨罵，但或許我是因為作業寫完的解放感而有一些興奮吧。貓跑出走廊，似乎打算從縫隙鑽出庭院。家裡其實沒有多大空間，但貓咪總是可以找出許多捷徑鑽。

我追在貓咪後面，穿上鞋子來到外面，馬上就找到貓了。

「咦？」

我還以為找到貓，但找到的是乳牛貓。不知牠是幾時和玳瑁交換的，同樣輕快地在庭院奔跑。我想說這隻貓也好，於是追了會動的物體過去，有種自己好像也變成貓的感覺。

穿過林木之間後，與祖母打了照面。祖母正一個人望著庭院，她發現貓咪來了之後便彎下身子，像是歡迎乳牛貓那般張開雙臂。乳牛貓也回應祖母的歡迎，輕巧地跳進她的臂彎之中。抱住貓的祖母站起身子，看了看我。

從我的角度來看，祖母是個高個子的人，或許是因為她總是挺直了背吧。目光略顯銳利，像是注意著不要露出破綻給他人察覺那樣。

「你們看起來滿親近的呢。」

「可是貓逃走了。」

「是妳跟貓親近了啊。」

祖母的聲音與其年齡相反，很有精神、容易聽得清楚。

這種觀點或許也沒錯。畢竟在家裡養貓之前，我對貓不是這麼有興趣。有些情緒是在近距離看了、接觸之後才會產生。我朝貓咪伸手，卻被牠別過臉去。之前明明一起玩過的，貓真是善變。

「妳不用上才藝嗎？」

「今天沒有喔。」

祖母說「真難得呢」，貓從祖母的臂彎裡看著我。

我凝視著這樣的貓，在這裡待了一下。

就算說得客套，這邊的樹蔭下也不算涼快。

蟬鳴有如雨滴從林木之間滑落，雖然很吵，而且祖母還沒有重聽的問題，但她表現得絲毫不在意。祖母的眼中倒映著枝葉的黃綠。

「妳不跟朋友一起出去玩嗎？」

「我剛寫完作業。」

「真是太乖了。」

祖母稍稍鬆了嘴角，側臉上增添了幾道皺紋。

「不愧是會被當成自豪的小孩介紹。」

「被誰？」

「爸爸和媽媽。」

祖母說到爸爸的時候舉起了貓的右腳，說到媽媽的時候舉起了左腳。

貓的前腳被這樣忙不迭地舉著玩，發出了不滿的叫聲。

「我沒聽過耶。」

「直接對妳說會害羞啊。」

祖母不太有興趣地這麼說，我原本認為沒有這回事，但轉換成聽者的立場思考了一下，接著又想了想若是我要對人說時的狀況。

如果對班上同學說「你是最棒的朋友」什麼的，整張臉一定會紅透吧。

無論是這麼說的我，還是聽我這麼說的同學。

原來如此。

「或許吧。」

「……理解力很好呢。」

祖母似乎嘀咕了什麼，但被瀑布般的蟬鳴淹沒，沒有傳到我這邊。

「不過理解力好，有時候也會讓人變得膽小。」

祖母似乎又說了些什麼，我無法判斷這些話究竟是說給誰聽。

平日我多半跟貓一樣是由祖父母照顧。從我一個小孩子來看，祖父柔和，祖母尖銳。不過祖母的尖銳，並非針對周遭的人。

有點像是要保持自身正直，必然會變成尖細的銳角那樣……有這種印象。

我在這之中看到了大人的型態。

「妳不跟朋友玩嗎？」

「這剛剛問過了。」

「不用出去也可以請朋友來家裡……哎，只是因為妳幾乎不帶朋友來家裡，我還是會有點擔心啊。」

祖母對著貓說「是不是啊」，貓咪應該是沒什麼興趣，只管瞪著樹木的空隙，似乎不時會以雙眼追蹤拍打翅膀的蟬吧。這隻貓也有朋友嗎？

我不是沒朋友。

祖母是否擔心我不跟朋友玩耍，就不像小孩該有的樣子一類的呢？如果我不像孩子，如果能快點成為大人，或許不錯。

「放學後我要上才藝班，很忙的。」

如果不要拘泥在學校的朋友，才藝班這邊我也有交到朋友啊。最近交到的朋友，「嘩」地從心中的泳池浮出。

有點生氣。

「雖然是我建議妳去的，這樣說也很奇怪……但上才藝班有這麼快樂嗎？」

祖母彷彿看到什麼神奇的東西般問道。我稍微思考了一下，「嗯」了一聲肯定回覆。

「如果變得會做很多事情，就會讓我清楚明白自己有所成長。」

「喔，嗯哼嗯哼。」

祖母先淡淡地呼了一口氣，接著略略點頭。

「嗯，總之妳很了不起。」

被隨便稱讚了。

「畢竟我學才藝都持續不久。」

「呃。」

「喔喔，找到了找到了。」

祖父發現我們之後走了過來，臂彎中跟祖母一樣抱著貓。

「這些傢伙真調皮，光是追牠們感覺就跑掉了整整一年該跑步的份。」

正確來說應該是看到貓才過來的吧，或許是一直在追貓的關係，只見祖父氣喘吁吁。祖父抱著的玳瑁貓一副不關己事的表情，看到我之後，感覺突然笑了起來。

「你這是做什麼啊？」

「看到了就順手。」

祖母這樣潑冷水，而祖父只是笑笑。實際上是他們兩人負責照顧貓咪，幫傭說會負責打理家中和照顧人，但照顧貓不屬於工作範圍內。不過我偶爾還是會看到幫傭餵貓，這肯定也不屬於工作範圍吧。

祖父把頭上的白色帽子戴到我頭上。

「出門記得戴上帽子比較好。」

我輕輕扶著帽子，抬頭看了看祖父。祖父和貓咪都睜著圓滾滾的眼睛看我。

「就算只是出來一下下也一樣。無論是家中腹地還是馬路，外面的日照都是一樣的。」

「……好的。」

我的語氣和回應搖擺不定，有時候會變得隨便，有時又很有禮貌。或許認為對方年長時，我就會變得謹慎禮貌一些吧。

「是說，妳們在聊什麼？」

祖父一副想加入話題的態度問道。我和祖母面面相覷，輕輕笑了。

「我們家的孫女很了不起呢。」

「什麼嘛，原來跟平常一樣啊。」

祖父平穩地呼了口氣。貓咪左右搖擺著下半身，一副無奈這股熱氣般繃起了臉。

交錯而過的話語都很直接，身為當事人很是尷尬。

我只能低下頭，稍微覺得有點得意。

星期一，插花；星期二，書法；然後星期三是游泳班。

那一天，我進入大樓之後，就看到那個女孩貼在正面落地玻璃上看著泳池。後腦勺的黑色頭髮像海草一樣輕盈地搖曳，我本想忽視她，但她馬上發現我而回過頭來。

「啊，我的朋友佐伯同學！」

「有必要特地這樣說嗎？」

我用眼角餘光看見櫃台的姊姊笑了，害我有點丟臉。

「不要大聲叫我。」

「聲音太小妳可能會聽不見啊？」

我又不想聽。女孩開心地靠過來，不正經地咯咯笑著。

「不是啦，我太高興了，忍不住就……」

「妳沒有其他朋友嗎?」

「咦?學校裡有啊,但能跟佐伯同學交朋友很開心嘛。」

「……喔。」

我想起幾天前與祖母的互動,確實,被直接這樣說有點害羞,也會不知道該作何反應。女孩跟大人不同,根本沒有要顧慮狀況。

走過自動販賣機前面,女孩回頭看了看那邊。

我被影響也跟著回頭,亮光彷彿被機械運轉的聲音推送出來,是一如往常的景象。

「嗯,之後再說好了。是說,佐伯同學看起來有很多朋友呢。」

「妳為什麼這樣覺得?」

「妳長得可愛咩。」

她毫不介意地這麼說,我不禁想要別過臉。

有種積存在肺部的東西流向腦部的感覺。

為了不當一回事地將之帶過,我緩緩地呼氣。

「我其實不太跟朋友玩的。」

雖說都是朋友，但並不是在所有人身上都能感受到同樣價值。

有很要好的朋友，也有所謂點頭之交。

我的朋友應該都只是點頭之交吧。

女孩嘀咕了句「這樣嗎？」然後才像想到什麼般勾嘴而笑。

「若有缺點還是改進一下比較好喔。」

「就算是缺點我也不在意。」

我只是會從書本或大人身上學習朋友無法告訴我的事。

並認為這麼做更有價值。

時間實在不夠我兼顧兩者。

女孩一副不懂的樣子「嗯——？」地大大歪頭。

「佐伯同學講話好難懂。」

「是啊。」

我想要成為一個能講出艱深話題的人，所以她的認知沒錯。

「佐伯同學妳啊，考試應該都很高分吧？」

話題立刻改變，不，都是在聊我的事情，應該算是一樣吧。女孩似乎想知道關於我的事情，為什麼呢？因為是朋友？我覺得這順序好像哪裡不太對。

「普通普通吧？」

因為我不知道怎樣算是高、是好，所以只能回出曖昧的答案。即使打開更衣室的門進去，女孩仍講個不停，雙眼似乎被更衣室照明刺到而瞇細了起來。

「我很羨慕頭腦好的人，因為我頭腦不好。」

這真是難以啟齒的自我介紹。

我打開置物櫃，女孩的置物櫃在我的旁邊第四個，中間隔了一段尷尬的距離。

……我是不是該說些什麼比較好呢？

我猶豫著準備泳衣，原則上還是說了：

「用功點學習的話，應該還是可以應付考試。」

女孩繃著臉說：「是嗎？」接著驚覺似地抬起頭。

「所以學習這邊也要正經點比較好嗎？」

「是啊。」

我原則上還是基於為了女孩的將來好而肯定回覆。

我不管一直說個不停的女孩換完衣服，女孩停下手一直盯著我看，我跟她對上眼之後，她又急忙轉向置物櫃去。感覺之前好像也有過這種狀況。

……到底怎麼回事啊。

我感受到目光中有著無法理解的什麼，往泳池過去。

「啊，等我啦。」

「反正就在旁邊啊。」

「嗯——是這樣沒錯。」

女孩似乎因為背後的汗水沾住襯衫而苦戰著，我也沒理由等她，就先走了。

「等我啦——我的朋友佐伯同學——」

我根本不想等。

來到泳池後，接觸肌膚的濕度一舉攀升，儘管有開空調，游泳池畔仍顯得濕熱。我邊走在泳池畔，邊抬頭看了看頭頂的巨大落地玻璃。

我看著女孩剛才靠著的位置。

她從那裡看著些什麼呢？無人的泳池蕩漾著多變的水波。

我先去沖水，女孩馬上過來，小跳步般地邊往右、往左移動邊進行準備。雖然由我來說也有點那個，但該說她是孩子氣嗎，總之在奇怪的地方很有精神，或許是心情好吧。

我邊戴上泳帽邊看著她，一位職員靠近過來，略顯小聲地對我說：

「妳跟她說了什麼嗎？」

職員瞥了女孩一眼，一副基於興趣的樣子來問我。

應該是指她突然認真上課的原因吧。

「呃，沒有……」

我適度說謊，因為我自己也認為沒說什麼大不了的。

「我還以為是老師叮嚀了她。」

並說出根本不這樣想的話。不過原本來說，應該要這樣才正確。

職員老實地回我：「不，我們沒說什麼。」我有些傻眼。

「這樣好嗎？」

「嗯……該怎麼說，在中級我們沒東西可以教她了。」

「呃？」

「因為她游得很好啊。」

職員一副覺得很困擾的樣子搔了搔頭，接著瞥了我一眼，才「啊啊」地露出笑容。

「當然，願意乖乖上課的她比較可愛，這樣很好。」

「是喔……」

我認為面對小孩子也願意表現和善的這個人，是個好大人。

游得很好。雖然這是我在其他才藝班聽過好幾次的美麗詞句，但在游泳上卻從沒得到過這種稱讚。是因為在評斷我是否適合游泳之前，有個能力更是高超許多的人在身旁的關係吧。

在那天的游泳課堂上，我一直注意著女孩。一旦女孩開始游，我也跟著潛下水去，透過泳鏡觀察她的身影。我的舉止或許有些詭異吧。當她在我旁邊游泳或者擦身而過的時候，我也持續觀察著她。女孩隨著一定數量的水泡從我面前消失。

即使像這樣一直觀察，我也無法明確知道她是不是真的很會游泳。只不過女孩的手腳動作輕盈，彷彿不覺得划水動作辛苦那般，一回過神肩膀已經轉動著往前了。像這樣毫無窒礙的動作，或許就證明了她游得很好吧。

我看著她，發現彼此對上眼的機會很多，這就是說她也在看我。女孩只要跟我對上眼，就會笑著對我揮手，這讓我很困擾。

「…………………………」

我邊讓肩膀泡在水面附近，邊像是要抱住一樣拉近左臂。

我感覺自己跟女孩之間有很大差距。

我究竟要多麼熱中地練習，才能超越她的才華呢。

我還有很多才藝要學，可以花在游泳上的時間有限。能不能超越她並不明瞭，即使超越了，也可能會發現其他的人背影。

如果這將永遠反覆下去。

說不定前方並沒有所謂的安心存在。

「佐伯同學，妳想不想喝飲料？」

從更衣室出來後，急忙追過來的女孩馬上來到我身旁。

「喂，妳的衣服。」

襯衫下襬翻了起來，可以看見她的右側腰。明明可以不用這麼趕著出來啊。我在無可奈何之下幫她重新拉好，女孩則把仍濕潤的頭髮從脖子撥開。

「怎樣怎樣？」

她轉著圈來到我前面，手指著通路的自動販賣機。

「飲料？」

「想喝哪種？」

她無視我提出的問題，逕自跳到下一階段。

「我不用……而且我根本沒有帶錢來。」

女孩彷彿就是在等我這句話般得意地挺胸。

並一副「交給我吧」的態度輕輕拍了拍自動販賣機。

「我請妳。」

不知為何她表現出「如何」的得意態度，眼中閃閃發亮的光芒不輸自動販賣機的燈光。

我聽她這麼說並看她揹著書包，叮嚀她：

「不可以帶錢去學校吧。」

「是嗎？」

她彷彿第一次這麼聽說的態度睜大了眼。我自己是這樣認為，好像也在哪裡被這樣教導過，難道不是嗎？女孩隨性地拍了拍我肩膀說：「哎，無所謂吧。」

因為她的動作讓水滴從瀏海甩到我臉上，我有點生氣。

「我不用。」

「為什麼？」

「我不需要妳請客。」

我不想欠這個女孩，不，應該說不想欠任何人人情。

而且要是彼此接受對方這些又那些事情，很可能會因此親近起來。

「啊──呃──那我買的分妳一點。」

女孩抓住我的袖子留住我，我心想她是在做什麼啊，並無奈地停下腳步。

「一點？」

「妳可以喝很多。」

我不是要問這個。

我看著女孩，她帶著想懇求我、想拜託我……想對我撒嬌的表情。

如果家裡的貓也願意這樣親近我就好了。

祖母的聲音重現……朋友啊。

我呼了一口氣，往放在自動販賣機旁邊的長椅子坐下。

我用態度回答之後，女孩稍慢了半拍才整張臉亮起來。

「妳可以喝碳酸飲料嗎？」

「可以。」

女孩按下按鈕，我看了一眼，她按了紅色紙盒包裝飲料下面的按鈕。

「這不是蘋果汁嗎？」

「嗯。」

「碳酸飲料呢？」

「我只是想問問。」

女孩坐到我旁邊，插入吸管，自己先喝了一點才遞給我。

「……謝謝。」

我是第一次跟家人以外的人這樣，多少有些抗拒。

手掌大的紙盒包裝飲料冰冰涼涼，拿著很舒服。我看著有藍色直條紋的吸管，瞥了女孩一眼，承受著她覺得不可思議的目光含住吸管，酸酸甜甜的飲料立刻進入口中。剛游完泳確實是渴了，而飲料滲透口腔喉嚨的感覺比平常更是甜美刺激。話雖如此，我仍覺得喝太多不好，而稍微控制了一下。

我把紙盒還給女孩，問出我有些介意的事。

「妳學會游泳很久了嗎？」

「咦？」

「老師說妳游得很好。」

明明上課這麼隨便。女孩接過果汁回答：

「我大概一年前就在這邊上課了，我喜歡水裡。」

女孩放鬆眼角和嘴角笑開，還沒完全乾的頭髮帶著光澤，跟黝黑的肌膚非常合襯。

「最近變得更喜歡了。」

女孩靠著椅背往上看，呼了一口氣。

「是喔。」

「要喝嗎？」

她把果汁遞給我，我收下之後稍微喝了一點，還給她。

冰涼的飲料通過喉嚨，喘了一口氣之後，我才心想我這是在幹麼，並稍微冷靜下來。

「佐伯同學家離這裡很近嗎？」

「走路大概要十五分鐘。」

「滿近的耶——感覺妳家應該很大。」

雖然是感覺不到什麼關連性的預測，但大致上說中了。我以眼光詢問她為何這樣想。

「因為佐伯同學散發出千金大小姐的氣氛——」

「……是這樣嗎？」

我很想問她是哪裡散發。不過我回想起家門的樣子，就覺得也不算說錯太多。就我聽朋友們的說法，家裡有幫傭似乎是很少有的狀況。

「妳有去過家庭餐廳嗎？」

「妳這是瞧不起我嗎……」

儘管我表面上生氣給她看，但實際上還真的沒去過。因為我們不會全家一起去。

當然好歹有看過。

「馬上就要放暑假了，佐伯同學打算做些什麼？」

女孩沒有喝果汁，只是表情千變萬化地一直說話。

「寫作業和上才藝班。」

「不是跟平常一樣嗎？」

「話說，妳不喝果汁嗎？」

女孩垂眼看看手中的紙盒，並將之拿到嘴邊，接著好像改變了心意般拿開。

「妳要嗎？」

「妳喝吧。」

畢竟是妳買的啊。但女孩困擾似地眼神游移。

「啊——嗯。」

回應得也很曖昧，沒有什麼具體答覆。她從左右用手指把玩著紙盒。

「喝完了……就是，那樣對吧？」

「那樣是哪樣。」

即使妳這樣說，我也不知道哪裡會變成什麼樣。女孩不滿地噘起嘴。

「喝完了佐伯同學就要回家了啊。」

「我當然會回家啊。」

女孩把臉湊過來，氯氣的氣味首先撲鼻而來。

「我想跟佐伯同學多聊聊，畢竟我只有在這裡才會見到妳嘛。」

曬得黝黑的肌膚深處，可以清楚看見鮮紅舌頭的動作。

想跟我聊聊。在學校已經有多長時間，沒有被人這樣直接地要求了呢？

「我……」

「唉——如果能跟佐伯同學同校就好了。」

她在我說話之前就先退開，伸展了一下之後嘆氣。同校？我很輕易就能想像她趁我午休念書的時候來到我身旁，一直講話講個不停的模樣，然後覺得還好不是同校。女孩彷彿完全不知道我的想法一般，跟我對上眼就笑了。那是一個親近他人，有些地方會跟祖父重疊的笑法。

但比起這個，我有件事情非問不可。

「欸，妳為什麼這麼中意我？」

我跟這個女孩認識沒有多久，而我們對彼此不熟悉的程度，甚至到今天應該是至今聊過最多話的一天。我所知道的，只有她不認真的部分，還有格外親近他人、裝熟的部分，而且老實說我討厭她這樣。雖說現在不確定，但至少兩星期前我是討厭。

即使如此，這女孩仍明顯地對我友好。

我對彼此特質徹底相反這部分產生興趣。

被我這樣問的女孩，凝視著被紙盒表面水珠弄濕的手掌。

「現在也是這樣。」

「嗯？」

女孩看著我，我不確定她本人知不知道，但她顯得有些痛苦地抿住嘴唇、繃著臉。

「每當我看到妳，我的手掌就會發熱。第一次見到妳的時候就這樣了。然後背部也會發熱，會一直冒汗，而且不會平靜下來。看到其他人或者東西丟不會這樣，只有看到妳會。所以我一直認為，是不是妳身上有什麼特別之處。」

女孩彷彿把積存體內的一切都揭露般一口氣托出。

如同她所說的發熱那般，女孩的臉頰像是發燙一樣略微泛紅。

她好似想要訴說什麼一樣往前傾，距離我很近。
我就像暴露在勁風中那般繃緊了肩膀。
女孩身上出現的狀況。
即使我還沒有直接體驗過，但我心裡有底。
不過這應該是不可能出現的組合啊，因為身旁的她是女生，而我也是。
「呃，請問，為何會這樣？」
女孩整個人往前傾地尋求答案。我認真覺得不要問我。
「這個嘛，畢竟不是在我身上發生的狀況……我不知道。」
我邊別開臉邊嘀咕，即使是發生在自己身上，我一定也不會明白。
女孩說聲「這樣啊」並輕輕笑了。
「我想說妳頭腦這麼好，應該會知道的。」
「別鬧了，我不懂的事情太多了。」
至少我就沒有發現在離我這麼近的身邊，有一個走在我前方的存在。而且還這樣赤裸裸地說出自己的內心……我漸漸變得害怕起她了。

女孩邊轉往上看，邊又說了聲「這樣啊」。

我們都沒有喝掉所剩不多的果汁。

女孩把濕潤的頭髮從耳邊撥開之後。

「我喜歡水裡──」

說得很有深刻體悟的感覺。

「妳剛剛說過。」

女孩「嘿嘿嘿──」地笑了。

「因為在游泳池裡面的話，即使看著妳也不會那麼熱。」

女孩這麼說完後，彷彿很睏倦的樣子閉上眼。感覺她把想說的話都說完了，很滿足。

這人怎麼這麼任性啊？我心中浮現一半憤怒、一半困惑的情緒。

「……………………」

這女孩是認真這麼說的嗎？她真的沒有自覺嗎？

無論是哪種，我都很難再繼續正視她。

我在她身邊保持不動，別開目光、低下頭。
有種連我的脖子都要熱起來的感覺。
但又像害怕般背後竄過陣陣寒氣，感覺好忙。
待在這裡，會隨著自動販賣機的運轉聲聽見些什麼。
待在女孩身邊，會有些騷動的感覺。
無法拾起的那些，與迴盪在沙灘的海浪聲相似。
不明確的聲音帶著三角、四角文字以外的形狀，想要傳達那些給我。
關於那個的答案，融化到滾滾而起的熱度之中，無法察覺。

如同對那女孩所說，暑假開始後我首先專心寫作業。
只是不用去學校的時間增加，但日常並沒有改變。嚴格說來，就是有比較多機會碰到平日白天來家裡的幫傭。幫傭以熟練的動作打掃家中，似乎也趁我不在的時候掃過了我的房間。

「如果妳想自己打掃，記得隨時跟我說喔。」

幫傭帶著滿臉笑容，希望自己的工作能夠減少一些。

我寫完作業，把剩下的時間拿來學習別的事情。而這個也做完之後，就因為無事可做而開始追逐貓咪。玳瑁貓大多會逃走，但乳牛貓或許比較想親近我，甚至會跳到我腿上來。我邊感受著明確的進步，邊摸著牠的背。

放暑假還有什麼可以做啊。

我邊發呆邊想著這類沒意義的事情，思緒有時候會轉到女孩身上。

我覺得她真是個怪小孩。

感想只有這樣，剩下的就是混入一些類似警戒的感覺。我有種預感……若自己一直面對她，或許會再看見一些別的什麼。看到不為所知的自己，像是沉到水裡那般無法回頭，這是不是我擔憂太多了呢。

我自己期望這樣的變化嗎？還是想逃避？我不知道。

女孩的手掌究竟有多熱呢。

就這樣來到星期三，是現在的我在一個星期之中，不得不特別意識的一天。

出門時的心情，已經從去上游泳課變成去見那女孩了。無關喜歡或討厭，有種被她的異樣吸引過去的感覺。

路上一如往常地蟬鳴四起，日照強烈、雲朵高堆，但總覺得今天的日照比以往更明亮，全體輪廓變得朦朧，即使揉了揉眼睛也無法清晰。

「……難道說──」

我摸了摸眼角。

視力稍微變差了嗎？我想起放在書桌的筆記本，猜想該不會近視了。過度使用的雙眼可能變成了只為看近的物體而存在。為了提升自己而盡力的結果，同時導致其他方面衰退。我想起一隻手指按在天秤一端的感覺。

抵達游泳班大樓後，我在進入大樓前，就有預感她今天也在。方才累積的熱氣彷彿纏著頭髮，我為了甩開它們而走上樓梯。

我總是在入口遇到她並非偶然，而是她會在那裡等我。

果然如我所料，我又看到趴在玻璃上的女孩身影。前面明明有椅子，但她完全沒打算坐。

雖然理所當然，但今天她沒有揹著書包。

我直勾勾地看著那正在等待我的背影。

「午安。」

我想這是我第一次主動打招呼。

女孩立刻回頭。

「啊，佐伯同學。」

女孩天真歡喜地來到我身邊，純真地揮著的手現在正發熱著嗎？背部有冒汗嗎？女孩總有一天會知道這些現象的真面目嗎？而我，會想要知道這一切的答案嗎？

女孩很自然地來到我身旁，看到櫃台人員後，對方也看著我們覺得很溫馨，我有種對方誤解我們很親近的感覺。不是，至少我認為我們還不是會讓人笑著看我們互動的朋友。

「放暑假真好——」

「是嗎？」
前往更衣室途中，尋求我同意的女孩歪了歪頭。
「哎呀，我不喜歡上學嘛。佐伯同學喜歡嗎？」
「……算吧。」
就有事情可做讓我不用太煩惱這點來看，我確實不討厭吧。
畢竟我真的有點不知該如何度過暑假。
進入更衣室後，一如往常來到置物櫃前面，一如往常感受到視線。
女孩看著我更衣。
我認為她的目光的意義與以往不同，手上動作變得笨拙。
我努力不要將想法表現在外，面對著前方更衣。
鎖上置物櫃後，準備前去泳池時，從女孩前面經過。
女孩果然還沒有更衣，只是看著我。
「我馬上過去。」
「嗯。」

我們擦身而過。這很普通、普通，不可能一直都膩在一起啊。
明明沒有一起，女孩卻以特別眼光看待我。
過沒多久，準備完畢的我們一起上課。與在更衣室時相反，在泳池是我追著女孩看。看習慣之後，就比較能發現她的泳技確實卓越。原來也是有不是跟人學習，而是走在他人之前的人啊，我又上了一課。
當然，我也多少覺得悔恨，不過浸泡著的池水清涼安慰了我，讓我冷靜下來。
我遵從職員指示來回游著，按照職員所教的方式，注意地動著身體。雖然在往來之際有看了看隔壁，但沒看到女孩的身影，或許在我沒發現的時候擦身而過了吧。游完一個來回之後，我用手扶著牆壁浮出水面。
「哇。」
臉一抬出水面，女孩就在隔壁，她不知幾時跨過水道來到這邊。女孩拉起泳鏡放在額頭上，露出了和肌膚一樣似乎被水濡濕，顯得濕潤的雙眼。
「怎、怎麼了？」
「佐伯同學才是，我想妳看著我是不是有事。」

我知道其他小孩看了過來，就這樣繼續說話好嗎？

「我只是覺得妳很會游。」

我說出明確的理由，並想讓她快點回去，不過女孩只是悠哉地說：「咦，有嗎──」一副被稱讚了也是挺開心的態度接受我所說的。她真的不是太在意周圍狀況，而這樣的人只會因為我這個例外發熱。

「佐伯同學也游得很好啊。」

「……謝謝。」

「不過我覺得妳手臂划水的位置不是太穩定。」

「是嗎？」

「像這樣……」

女孩為了教我手臂位置和傾斜方式等動作，而打算拉起我的手。

不過正準備碰觸我的手途中停下，縮了回去。

女孩直勾勾地看著自己的手。

因為事出突然，甚至有種包含周圍的人在內，時間停止的錯覺。

「……欸？」

我低調地出聲，女孩「嘩啦嘩啦」地默默回去隔壁水道。

然後完全不看我，淡漠地游著泳。

我也沒有看她，只是划著水，注意手臂的位置游著。

並沒有自己游得快了點的感覺。

上完游泳課，行過禮之後，當大家準備回到更衣室時，我發現只有女孩停下了腳步。我心想她怎麼了回頭一看，女孩跳進無人的泳池，毫無猶豫的行為濺起了誇張的水花。

像是挖開一部分池水般的「啵刺」巨響，讓職員折了回來。

「喂——妳在做什麼！」

職員一喊，女孩就浮出了水面，正好在泳池中央仰著身子漂浮。女孩就這樣不動，也沒管職員叮嚀，仔細一看，才發現她不知何時已脫下的泳帽和泳鏡，漂浮在別的地方。

「才以為她乖了點，結果就這樣。」

職員嘆氣，我在他附近推測出別的關鍵。

在場只有我才懂的事情。

女孩或許是因為身體發熱到無法忍受。

「………………………………………」

現在，在水中的女孩究竟有多熱呢？

熱到即使在水中也可以察覺的程度嗎？

「佐伯？」

職員的呼喚勾住後腦，然後就這樣順勢穿過。

雖然不像方才女孩那樣誇張，但我一蹬池畔躍入水中，激烈揚起泡沫的聲音裹住我的頭。我本想拉住差點要脫落的泳帽，但想到方才女孩的模樣，就順其自然。我跟女孩一樣，帽子和泳鏡脫落，知道自己連髮梢都泡在水裡，變得沉重。

我踢蹬泳池牆壁，往中間游去。漂浮著的雙腿和腳跟無可依靠地隨波擺盪。

那雙腳在水中像是要撥開什麼般動了起來，女孩隨著泡沫沉下水面，改變方向，往這邊游過來。因為我們彼此都動了，所以在氣不夠之前會合了。

兩人沉在水裡對上了眼，明明是裸視，卻因為這裡只有兩個人，水池內的波動幅度也不大，可以清楚看見對方的臉。即使在水裡也會閃閃發光般的女孩雙眼直直對著我，氣泡「啵、啵」地靜靜浮出。

很神奇的，我完全不覺喘不過氣。

我們沒說話，只是看著對方，泳池上的職員是否在抱怨了呢？我覺得女孩正以雙眼問我：「為什麼來了？」我稍稍吐了些氣泡，表示是來確認的。

炙熱的掌心。

我握住女孩的手，她似乎是有些驚訝而多吐出了一些氣泡，邊動著雙腳在水中維持姿勢，邊看著被我握住的手。我和女孩的手顏色呈現對比，即使我的視力開始衰退，也能明確地看出其輪廓線。

如同女孩所說，她的手掌確實火熱。彷彿化開了水般炙熱的手掌好似噗通噗通地脈動著，指尖緊緊扣住。女孩就這樣交互看著牽著的雙手和我的臉，緩緩地在無法呼吸的世界確認。

女孩露出與笑容不同，只表現給我看的柔和表情。

她握起我另一隻手，我們牽著對方的雙手，十指緊緊交扣著。說不定連我的手指也火熱起來了。

我們共享著圓形氣泡般不可思議，感覺一戳就破的時間。

我甚至以為這將是永遠持續下去的夢境，不過的確是現實。

不想讓苦悶認定眼前這些是幻想。

但我確實覺得難受了起來，用眼睛表示想浮出水面。女孩剛剛明明吐了那麼多氣，似乎還沒問題，她緩緩搖頭，將臉湊了過來。

即使我想戒備她的行為，也因為雙手被她抓著而無法妨礙她。

她把臉貼住我的脖子，我知道我在水裡起了雞皮疙瘩。女孩嘴唇的觸感疊在我的頸子上，嘴唇稍稍動了一下，讓我腦裡更是天旋地轉。

有什麼從嘴唇和脖子之間洩出。

氣泡隨著「啵」的渾濁聲音出現，往上浮去。

我雖然頭暈眼花，但大致理解女孩想做什麼。

她想分空氣給我。

為了能再多獨處一些時間。

女孩呼出的氣泡接觸我的嘴角，往水面浮去。

我有如要吸入氣泡般沉浸其中。

這時，心臟出現裂痕。

讓我只能這樣想的劇烈痛楚閃過胸口。

感覺好像發出「劈哩啪哩」的聲音裂開。

我甩開女孩的手，衝上水面。浮出水面後，只有自己重重喘息的聲音填滿了耳朵。我扯下泳鏡，將手按在胸前，不安的手指顫抖著擔心自己是否壞掉了。

剛剛那是什麼？

心臟的痛楚讓眼前閃現火花，然後好像在那深處看見了什麼。

不對，相反？

是心臟為了制止變成這樣而出現裂痕。

女孩也急忙浮出水面。

我差點就要「咿」地驚叫出聲。

「佐伯同……」

我躲開女孩伸過來的手，逃到泳池邊緣，好似踢蹬牆壁般爬出泳池，無視職員打算說些什麼而穿過其身邊，奔上樓梯。儘管手腳和頭都泡水了，但我沒有好好擦乾就從置物櫃拉出包包，忘我地隨意脫下泳衣穿好衣服。我甚至不管衣服因為水滴而黏在身上的不適，跑出了更衣室。

雖然途中想起泳帽和泳鏡就這樣留在泳池裡，但我並不打算回去拿。

我朝櫃台丟出鑰匙，沒等拿回上課證就離開大樓。

我跑著逃了出去。感覺好像聽到追上來的腳步聲，讓我更是害怕。

夏季日照彷彿被水遮蔽了般沒有曬到我的皮膚。

我只覺得有黑漆漆的玩意追著我而來。

我到底看到了什麼？到底想要接收什麼？到底在害怕什麼？怕到甚至狂奔成這樣氣喘如牛。到底是什麼？什麼？思考無法統整。

雞皮疙瘩起個不停，背後感到陣陣寒冷，還不可以忘記的冬季溫度填滿身體。

即使在浮現的水滴之中，脖子上的嘴唇觸感也並未埋沒，纏繞在我的肌膚上。

我彷彿要跳躍般蹬著地面，視野忙亂地不斷上下搖晃。

若吸入了女孩給我的氣泡，將會看到的事物。

那是我還不可以知道的東西。

儘管憑我淺薄的知識和狹隘的常識不能知道那是什麼，但我的本能知道。

我覺得只能透過三角或四角表現的感情開端非常可怕。

因為恐怖而束縛自己，只能逃跑。

我能明確知道的，只有我不能再見那個女孩的警告。

當天晚上，我確認雙親都在場才開口。

「我覺得自己不適合游泳，想停掉。」

這是我第一次主動表示想停掉才藝。

我戰戰兢兢地觀察雙親的反應。父親簡短地嘀咕「是喔」，母親則是乾脆地說「哎呀，這樣啊」。

「也是會碰到這種狀況呢。」

他們沒有反對和斥責，很乾脆地接受了。

我明明放棄了，卻獲得了原諒。我們家很優秀，而我認為必須要做一個配得上這個家小孩的想法，或許只是想太多了？像是漂在水面上的浮沉漂盪感覺揮之不去。

我變得搞不懂了。

我就這樣打算回房間，走在走廊的途中，不經意地碰了自己的手。

那裡有獨立於夏季之外的，只屬於我的熱度。

直到它消失之前，我將靜靜地重疊雙手。

接著低下頭，有什麼從垂下的髮梢滑落。

就像水滴從乾髮上滑落那般。
那個順著肌膚滑過，從留在脖子上的不協調感上面撫了過去。

我不太會回想起這件在小學發生的事情。
不，應該是在不知不覺中過了漫長的時間，讓我不再回想起來。
即使經過了無法回想起的漫長時間，也不會消失。
無論傷痕、無論溫度、無論一切。

友澄女子中學校2-C　佐伯沙彌香

Bloom Into You:

Regarding Saeki Sayaka

「沙彌香妹妹。」

我聽見在學校甚少出現、直呼我名字的聲音後回頭。

是合唱團的學姊。因為我都稱呼她柚木學姊，所以儘管我可以馬上說出她姓什麼，卻不知道她叫什麼名字。但是她卻能如此輕易喊出我的名字，而且還加上了妹妹。

我有點抗拒，聽起來挺不自在。

「什麼事？」

「呃，沒有，因為看到妳，所以叫了一下而已。」

學姊那剪齊到還不及肩膀的頭髮輕輕搖晃。

她清爽的笑容沒有表裡之分，應該真的只是隨意喊了一聲而已。

她的模樣讓我想起游泳班的景象。

這種狀況下，該如何回應是好呢？

若只說「這樣啊」感覺有些太淡漠。是否該當作很多事情都沒發生，曖昧地笑笑就好了呢？我試著報以微笑，學姊瞬間愣了一下，但馬上又笑了。

「妳要去社辦對嗎？」

「是的。」

她彷彿以態度表示要一起走般來到我身邊。要說我和柚木學姊算熟嗎，其實有點奇怪……但要說她對我滿好的，好像又不太是……在一年級的四月入社以後，她身為大我一屆的學姊，我們會在同一間社辦活動，具體也就這樣而已。即使放學後去別的地方也都是跟同學一起，並沒有和學姊在學校以外的地方碰面過。

不過，她和其他學姊又不太一樣，我覺得我倆之間有這種類似感覺上的關係存在。

「話說，妳有聽說嗎？」

「聽說什麼？」

今天從窗外灑入走廊的陽光平穩，是個舒服的日子，感覺手腳都變得輕盈起來。

溼度不讓人覺得是六月會有的。

「沙彌香妹妹將成為下任社長喔。」

撤回前言。對學姊來說沒什麼大不了的話題，讓我身體稍稍沉重起來。

感覺胃底硬了起來，好像要被打算往前的身體拋棄。

「為什麼是我？」

儘管我提出疑問，但內心多少感受到多半會是這種結果的氣氛。

「沙彌香妹妹很可靠啊……」

「才沒有……」

實際上，我對社團活動的貢獻並沒有大到可以用可靠形容。合唱團的學姊們其實都相當可靠，不曾出現那種我覺得自己必須率先採取行動的氣氛，但這也在今年夏天會結束。

柚木學姊比較算是柔軟的悠哉類型，主要表現在說話方式和行為舉止上，給人一種若是一陣強風吹來，她就會像棉花那樣散開的印象。這所學校裡面還滿多這種人。

校內氣氛也和入學前的印象有些出入。

「我也仰賴著沙彌香妹妹喔。」

看她面帶可人笑容這麼說，自然不會覺得不舒服。我正打算同意，但又覺得不太對，踩了煞車。

「我是學妹喔。」

當學姊的態度這樣不好吧？學姊「嗯——」了一聲，柔和地游移目光。

「可是我也只是早妳一年出生，關鍵在於怎麼度過那多出來的一年吧？」

學姊一個人嗯嗯有聲地接受自己的說法，我略有種我們的對話牛頭不對馬嘴的感覺。

可是，她很輕鬆地喊我沙彌香妹妹。

或許因為這裡是所謂的千金學校吧？用名字加上妹妹的方式稱呼學妹的情況並不罕見，但我無法習慣這樣的氣氛，所以會用姓加上同學的方式稱呼學妹。雖然我也擔心從學校的氛圍來看，我這麼做是不是太特異獨行了，不過目前為止似乎沒問題。

除家人之外，目前還沒出現可以讓我以名字互相稱呼的對象。

總有一天會遇到這樣的人嗎……不過暫時應該是不可能。

畢竟這裡是初、高中直升的女校。

我與淡淡地倒映在窗戶上的自己對上眼，感覺若低下頭，也會與小學時的自己目光交會。

我升上中學了。

時光流逝，按順序長到十三歲的我在這裡，就讀離老家三站距離的友澄女子學園，身上穿著本校的制服。彷彿成了大人般一臉平靜地走在走廊上。

搭電車通學比我想像中痛苦。

之所以避開老家附近，選了有點遠的學校，是因為遵循了家人的建議。

我有種遇到一場及時雨的感覺。

我多少有些抗拒在中學與那個女孩再會。

「…………………………」

原本上的許多才藝班，也趁著上中學的機會幾乎都停掉了。還繼續上的，只有基於祖父母意向留下來的插花。父母接受了我說想把時間用在學校課業上的說法，這當然是出於真心，同時我也覺得要在許多方面持續保持優異成績是有極限的。我學會了分辨自己可以勝過他人或者無法後，再來提昇自己，並知道不可以沒有深思熟慮就一股腦地往前。

這究竟是拓展了視野呢，還是變成只是因為看不見遠方而死心了呢。

小學的我會滿足於現在的自己嗎？

我們來到作為合唱團社辦的音樂教室，聽到裡面傳來的聲音打開門，發現社員們正在將桌椅挪到左右兩邊。正在附近做事的學妹向我打招呼，我於是簡單回應。

「沙彌香妹妹，妳果然可靠。」

「只是打個招呼而已……」

我「哈哈哈」地稍稍笑看學妹的玩笑。

之所以選擇合唱團，是因為負擔不大，不需要樂器，只要人在就可以參加。而且我雖然學過鋼琴，但沒有什麼練習唱歌的經驗，即使不用像小學時期那樣緊繃，但經驗多總不是壞事。

因為我們稍微慢了點到，所以今天所需的準備幾乎都已完成。

「能在這裡遇見沙彌香妹妹的時間也所剩不多了呢。」

學姊看著桌椅搬開後空出的空間說道。

然後凝視著我。

「學姊？」

這樣近距離下投來的目光讓我困惑，感覺說出這話的學姊也不知為何好像有些困擾般瞇細了眼笑了。

「加油吧。」

「好的……」

覺得聲音聽起來有些平板，彼此都是。

學姊或許其實想說別的，但這時候的我無法想到她其實想說什麼。有些事情就像數學那樣，若沒有學會公式，就無法解題。

合唱團約有二十名團員，三年級占了一半，有三個一年級，若考慮兩年後的狀況，合唱團本身能否存在都有點危險。顧問老師說，合唱團一路以來好像就是這樣反覆消失與復活，在我畢業的時候說不定又會消失了。

我覺得合唱還滿新奇的，與小學時上的那些只需提昇個人能力的才藝班所要求的完全不同，即使不願意，也會被迫意識到與周遭人之間的協調性。目前社團的方針是不需要太緊繃地參加活動，因此我只有注意自己不要太認真，顯得格格不入。

我們邊接受顧問老師指導，邊大家一起練唱今天課題的聲部。我抓著空檔機會觀察社員們的臉孔，以同年級與學妹為主確認一輪。途中與柚木學姊對上眼，她對我微微一笑，我儘管覺得有些尷尬，還是在心中確認。

社長啊……逐漸接近我的重責讓我偷偷嘆了一口氣。

「佐伯同學也來嗎？」

放回音樂教室的桌椅，簡單打掃的途中，同期社員來約我。

「要去哪裡？」

「今天比較早結束，想說去吃點東西。」

社員回頭說「是不是啊」，另一位社員以目光回應。

我回想到前一次我拒絕了她們。

「好啊，一起去吧。」

我先回覆之後才看了看鐘。

「不過因為我要搭車，可能會中途離開。」

「啊，沒問題沒問題。」

我跟同年級生一起放回桌椅，拍掉手上的灰塵後，呼了一口氣。

曾幾何時，帶錢包來學校變成不是壞事了。

我看向窗外，從中午便持續著的晴朗青空目前仍未中斷，隨著日子增加，日照時間變長，覺得季節之幕正漸漸拉起，夏天就要造訪了。

「沙彌香妹妹也要去啊。」

「哇。」

突然被搭話害我嚇了一跳，學姊不知何時來到我斜後方。

我完全沒有發現她靠近過來，這種現身方式害我差點以為她是從底下長出來的。

「真意外──我以為沙彌香妹妹是個更正經八百的人。」

「妳到底是怎麼看待我的？」

嗯，確實我覺得自己小學時代是太正經了點。

「嗯──這樣啊──沙彌香妹妹也要去啊。」

「學姊？」

學姊「嗯嗯嗯」地嘀咕著，然後以不像年長我一歲的態度抬眼看我。

「我也可以去嗎？」

「學姊嗎？」

我知道自己因為這出乎意料的提案睜大了眼。

「不行嗎？」

「沒有……只是有點意外。」

「看，沙彌香妹妹也對我抱持奇怪的印象。」

她手指著我說我們半斤八兩。不是這樣，我只是意外學姊竟然會想跟學妹們一起而已。若沒有特殊狀況，這種事情多半都是分學年約，實際上從平時的狀況來看也大多是如此。

所以與其說意外，用少見比喻比較恰當。

「得問問其他人意見，但我沒問題。」

學姊的表情立刻亮起來。

「嗯，謝謝。」

明明還沒確定，學姊就帶著好心情回去收拾了。

因為我去所以學姊也來……為什麼啊？

之前也遇過這樣的女孩……不會吧。

「柚木學姊說她也想去。」

我跟剛剛來約我的同年級說，她也睜圓了眼說：「學姊嗎？」

「有點意外。」

「大家是不是都太意外了？」

「還以為學姊更大小姐一點。」

同年級生說「畢竟平常都那樣軟綿綿的」，我倒是同意這印象。

如果有學姊加入同年級生活動，難免會出現一些隔閡或顧慮，但柚木學姊該怎麼說，因為氣氛悠哉的關係，會讓人覺得應該沒問題。如果今天是社長或者比較嚴肅的學姊說要來，同年級生應該也不太願意吧。

事情就是這樣，我們難得地與學姊一起在放學後去玩。

平常都是從校門直直往車站過去，一旦要走向不同方向，就有種視野開闊的錯覺。白天的鎮上、持續前來的鎮上、不習慣的景色，我大概會在幾乎不熟悉除學校之外地點的情況下，度過中學、高中時光吧。

行動範圍比上了很多才藝班的小學時還要狹小。

果然，要搭三十分鐘電車通學真的很久。

不過大人去公司上班也是要通勤，應該就是這麼回事吧。

學姊走在我身旁，我側眼看她，知道我倆的視線高度一樣。

入社時的身高差距已經大致追上了。

轉角的包子店今天門口也冒著熱氣。同年級生轉過這個轉角，穿越馬路，往右手邊的速食店過去。之前也是來這裡。

以前只有少許座位區，但住在這裡的同年級生說後來重新整修之後連二樓都增加了座位。上二樓途中，我不經意地看向學姊，發現她的表情變得有些尷尬，眼中混入了不安，目光轉動得有些可疑。

「怎麼了嗎？」

我抱著該不會是想起忘了東西吧的推測詢問。

「啊，不，沒什麼，沒有。」

她顧左右而言他般搖頭，雖然我看起來不像沒事，但總之先進入店內。如果有什麼煩惱，還是進去坐下，平靜下來之後再問她就好了吧。總覺得這不像對待學姊的方式，有點好笑。

明明還不到七月，但店內冷氣已經開得很強，通往店內櫃台左右兩邊的位置已經半數有人，並且正好有穿著其他制服的學生往二樓去。

雖然我來過好幾次，但耳朵還是不大習慣吵鬧的部分。

我想說學姊不知怎樣了而往旁邊看。

「……學姊？」

學姊有些瑟縮，主要是縮著脖子。好像被震懾般東張西望。

「沙彌香妹妹，那個啊。」

明明就在隔壁，但學姊對我招了招手。到底要多靠近才夠呢？

「借一下耳朵。」

「喔。」

我照小聲說著的學姊指示把耳朵湊過去，學姊以被不安壓潰的小聲說道：

「我第一次來速食店。」

「……呃。」

我想那我抱持的就不是奇怪的印象，而是正確答案啊。

難怪她會顯得這樣不安。

「該怎麼做？」

「這個，就很普通地點餐……」

「普通是怎樣的？」

「去那邊點餐，付錢之後取餐。」
我小動作指了指櫃台。同年級生站在不前不後的位置等我們跟上。
「跟書店和便利商店一樣……有去過嗎？」
「這些好歹去過啦。」
學姊或許因為鬧彆扭而使聲音有些沙啞，看她稍稍嘟起了嘴的樣子有點可愛。
不過我也是上了中學之後才來過。
一開始跟現在的學姊一樣心情。
同年級生或許是等得不耐煩而折了回來。
「我們想說一起點，點薯條跟飲料就好嗎？」
「嗯，拜託妳。」
「柚木學姊也一樣？」
「麻、麻煩了。」
學姊動作僵硬地總之先點頭應允，看她這充滿新手感覺的樣子，讓我有點害羞，心想自己第一次來的時候，身邊的人是否也是這樣看待我。

不知道同年級生們是沒說還是不說呢，或許該稱讚一下她們的性格。

學姊又小聲地跟我確認。

「薯條是馬鈴薯？」

「嗯，馬鈴薯。」

忍笑好辛苦。

過沒多久，接下托盤的學姊看著櫃台嘀咕：

「要先付款呢。」

「嗯？」

「啊，沒什麼。」

學姊帶過話題坐上座位，因為對面的位子被兩個同年級生坐走了，所以我必然得坐在學姊旁邊。哎，這些人之中與學姊最熟的是我，這樣也合理。

我和學姊隔著彼此的書包坐在隔壁，學姊先是直直盯著紙袋中的薯條一會兒後，才有些戒備地將之送進口中。她邊嗯嗯有聲地咀嚼著點頭，吞嚥之後才嘀咕了句「味道很普通嘛」。是可以有哪裡不普通啊。

儘管有這些插曲，但和樂的對話展……不開。同年級生、我和學姊之間的共通話題不多，即使聊課業也因為有學年不同的學姊在，話題會有些對不起來。這麼一來，所有人都能參加的話題只剩下合唱團相關的事情了，而合唱團又因為大家不是這麼認真地參與，可以聊的內容並不多。

我在想，說不定聊其他社員的壞話可以活絡氣氛。

但講這些也沒有意義。

既然如此，我們自然就會演變成跟隔壁的人聊天。兩位同年級生因為彼此熟識所以聊得很開心，但學姊和我……到底有沒有那麼熟有點尷尬，不過也不是不能聊。

「沙彌香妹妹常來這種地方嗎？」

學姊很明顯表現出新鮮的態度不斷張望店內。

「一個人的話不太來，說起來我很少外出。」

「喔……假日都會做些什麼？」

「做什麼呢？總是在不知不覺間結束。」

我會在搭電車通學的時間看書，不會留下可以在假日閱讀的份。

我拎起一根薯條，學姊也跟著我拎起薯條送進嘴裡後，用紙巾擦了擦手指。她可能有點潔癖，只要手指一弄髒，就會馬上擦拭。

「沙彌香妹妹沒有上才藝一類的嗎？」

「以前上過很多，現在只剩下插花了……」

「插花啊。啊，上課要換穿和服嗎？」

「不，不會每次都要換。」

大概只有正月第一堂課需要換穿吧。學姊一副有些遺憾的態度叼住吸管，到底有哪裡值得遺憾呢？

「那沙彌香妹妹……」

她接著問了我很多事情，好像在接受審訊一樣。我雖然也想到幾件事情想問學姊，但她不給我空檔開口問。

仔細想想，這或許是我第一次和學姊聊了這麼多。

至今都只有在社團活動碰面、打招呼，簡單交談而已。

「佐伯同學，妳時間沒問題嗎？」

同年級生顧慮我而跟我確認，我瞥了店裡的掛鐘一眼，回答「還沒問題」。

學姊看我們這樣互動，表現出「啊，對喔」的態度。

「沙彌香妹妹是搭電車通學嘛，有大人的感覺呢。」

「感覺嗎……？」

至少在這裡的學姊沒有這種感覺。

「習慣之後只會覺得麻煩而已，因為必須站在人群之中。」

「就是這個覺得麻煩的感想有大人的感覺。」

我不禁歪頭心想，會嗎？即使小孩也會覺得很多事情麻煩吧？確實有。

「沙彌香妹妹偶爾看起來很成熟。」

「是這樣嗎？」

「如果跟妳同年就更能依靠妳了呢——」

「哈哈哈……」

我順應學姊說笑輕輕笑了，但學姊沒怎麼笑。

「如果能跟沙彌香妹妹同學年就好了……」

學姊吐出稍縱即逝的微小聲音。

……我有點在意若我跟她同年，她會怎麼稱呼我。

儘管不太有年長的感覺，但學姊確實是三年級。

三年級會在暑假前引退。按照傳統做法是不會參加大賽，配合其他社團結束活動。

所以我只剩下一個月左右的時間，能在音樂教室見到柚木學姊。

以我來說，頂多覺得音樂教室會因此變得寬敞許多吧。

至少這時候還只這樣覺得。

在那之後我又受到學姊的連環提問轟炸並回答她，時間就這樣過去。雖然我想過為什麼會這樣，但似乎也沒有其他話題可以拿出來說。首先，我們都太不熟悉對方了。就算想開始做些什麼，也因為不理解對方而無法開始。

學姊最後一個站起來，觀察了我們收拾的方法之後，才照著做。

我看著她，她察覺我的目光後稍稍鼓起了臉。

「有事嗎?」

「沒有。」

我轉向店門口,笑著說「沒有喔」。

雖然沒有問學姊什麼,但這是知道她可愛一面的一天。

「慶功宴嗎?」

在七月中,結束社團活動後,社長這樣來找我說話。

主要是說為了紀念三年級引退,準備舉辦慶功宴。

我不記得去年三年級引退時有辦過類似活動,可能不是社團傳統吧。

「要做什麼呢?」

「沒什麼大不了,就是去吃個飯唱KTV一類。」

「唱KTV……」

因為我們是合唱團嗎?雖然我知道KTV是什麼,仍不禁有些戒備。

「如果放學後去會造成晚歸不太好，所以我想約星期六或日，但佐伯妳是電車通學對吧？妳要來嗎？」

「唔……」

如果是我這一屆的引退活動就算了，畢竟是學姊們的慶功宴，讓我有些猶豫。社長看起來也沒有要勉強我來的意思，只跟我說「明天告訴我結論就好」就結束這個話題走掉了。我邊拿起放在一旁的書包，邊想該怎麼辦才好。

「如果沙彌香妹妹也來，我會很高興。」

「哇。」

雖然沒有前一次那樣驚嚇，但又是驚喜登場的學姊。

「要不要一起來玩？」

「……學姊，妳該不會──」

總覺得好像體驗過類似過程。

「因為……啊。」

學姊支吾其詞，接著悄悄說話的聲音也有種既視感。

「沙彌香妹妹，其實我——」

「也沒去過KTV對吧？」

因為先被看穿，學姊不高興地皺起眉頭，不過在那之後嘆了口氣。

「是啊。」

「有哪些地方是學姊去過的？」

雖然我是開玩笑地問，但學姊卻認真地思考起來，然後目光游移。

「便利商店？」

「那就沒問題了。」

大概。其實我也沒去過KTV。

「如果沙彌香妹妹也來就好。」

學姊露出笑容，以微笑當武器阻擋我。

「這句話剛剛說過了。」

「因為我怕嘛。」

她現在的態度差一步要拎起我的制服袖子懇求了。

有我在一起就不怕了嗎？我有點在意學姊到底把我當成什麼，不過總覺得問了之後應該會看到一些不該看的真相，所以我的話在喉頭停住了。

「去KTV就是開心地唱唱歌而已，跟練合唱一樣。」

我也沒有經驗過，所以說得有些不明確。我知道店家在車站前面，偶爾會看到穿著制服的學生們走進去，但我認為那是跟自己沒關係的地方，因此不太在意。我想學姊可能也是類似狀況。

「啊，我想跟沙彌香妹妹一起唱歌。」

學姊彷彿看到救星，突然開朗起來。

「我們不總是一起唱歌嗎？」

「但也快要結束了。」

學姊挺直稍稍向前彎的背部，身高略略超過了我。

「這可能是能跟沙彌香妹妹一起做些什麼的最後機會了。」

「……………………」

我心想，這張牌打得真狡猾。

人總是無法抗拒「最後」這個說詞，沒有什麼動機可以比不會再有下一次更優先了。

如果打算無視，會從心裡產生某種東西剝落的焦躁與抗拒感。

「如果家裡沒事……」

我沒有肯定回覆，儘管表現出些許內心軟弱，仍算答應了。

仔細想想，除了麻煩這個理由之外，也沒有不參加的意圖。

如果只是被這種消極的理由扯後腿，那麼為了學姊採取行動也不是壞事。

我在學姊請託之下，決定參加慶功宴。

淺淺睡著時，感覺好像聽見什麼灑落的聲音。我閉著雙眼仔細聆聽，聽出那是雨聲，茫然地順從接收到的情報心想「下雨了喔？」接著猛地起身。

下床拉開窗簾，看到雨水正用力拍打在庭院的樹木上。

「好大。」

偏偏在我要出門的日子下這種大雨。

打開電視新聞收看氣象報導，得知這雨應該很難停，不禁覺得腰部沉重了起來。

我還沒摸，就有種瀏海和睫毛都被雨水濕潤了的錯覺。

那種原本已經掃去，覺得很麻煩的消極想法死灰復燃。

我嘆了口氣，貓咪從紙拉門另一邊的走廊探頭看了過來。因為牠看著我，所以我也回看著牠，不過貓似乎很快就沒了興趣，離開了我的房前。

如果是小學時代的我，應該會立刻追上去，但現在我會目送貓咪離開。人長大了之後，多少都會有些改變吧，時間讓我產生了變化嗎？

我茫然看著窗外景象，心想下雨天出門還是跟以前一樣痛苦哪。

即使如此我還是做好準備，穿上鞋子。

「妳要出門嗎？」

在玄關，抱著貓的祖母這樣問我。貓咪只要跟祖母在一起，就會很乖巧。

牠們或許明確知道誰才是飼主吧。

「嗯，社團那邊有活動。」

「不要太晚回家喔。」

「嗯。」

祖母說出像母親那樣的叮嚀。我從架子取出雨傘說「我出門了」。

今天是星期六，加上下雨，路上行人並不多。手邊感受不到通學時的書包重量，制服的領巾也沒有在胸前搖晃，時而濺到腳踝上的水滴有些冰冷。季節特有的悶熱感漸漸包圍身體，增加了不快。

在傘下與傘外，雨聲聽起來像是不一樣的聲音，外頭的雨聲強勢，裡面顯得寧靜。

好像從中一分為二走進瀑布內一般。

我一如往常利用月票通過車站剪票口，搭上剛好駛入月台的電車。乘客比平日的通勤時間少上許多，加上車內空調夠強，讓我安心了點。我已經很久沒在早上搭車能有位子坐了。

我打開攜帶的文庫本，消磨到站之前的時間。

好像在小學畢業旅行之後，就沒有參加過團體活動了。
我回想著當初去了哪裡，結果書本內容連一半也沒看進去。
在我全部想起之前，電車便已抵達了目的站。我闔上書本收好，下車。
我穿過剪票口，心想雖說在車站前集合，但在哪裡的時候，一道聲音傳了過來。
「沙彌香妹妹。」
學姊揮著手通知我，女學生集團在粗壯的四方柱子旁集合。
我點頭示意，身穿便服的學姊稍稍走過來迎接我。學姊的笑容就像只在等我一個人那樣，讓我以為就這樣走過來的她，是否要順勢抓住我的手。
「哇，是穿便服的沙彌香妹妹。」
學姊笑開了整張臉慶幸著……慶幸？總之是高興。
「第一次看到。」
「學姊才是。」
白底襯衫上面印著可愛的英文字，但我看不懂手寫體。

「不是穿制服感覺又更像大人了。」

學姊的態度不知為何好像看到某種值得炫耀的東西一般，我邊想明明不是她準備的衣服，為什麼會這樣啊？邊回她同樣一句話。

「學姊才是。」

如果現在她謊稱自己是高中生應該會有人相信。我感受到這股氛圍，重新認知道學姊果然還是較我年長。我跟學姊一起和大家會合，集合地點不光是三年級，也看得到同年級生和一年級學妹，結果大家都來了。

如果只有我沒來說不定就尷尬了，是學姊救了我。

「人都到齊了，我們走吧。」

社長帶頭，我們以三年級為首，按著是二年級、一年級，大家都很規矩地分別列隊一起走著。學姊雖然走在三年級的群體裡面，但有點獨自落單在後方的感覺。有時候我會跟回過頭來的學姊對上眼。

「我們要去哪裡？」

我問了問隔壁的同年級生，她邊撥開掛在耳朵上的頭髮邊說：

「說是KTV附近的家庭餐廳。」

家庭餐廳喔?我想像起看過太多的金光閃閃看板。

從車站走到家庭餐廳的路上當然仍下著雨，我們各自撐著的雨傘顏色並不統一，連圖案都各式各樣，從上方看下來應該很像百花齊放吧。而這些花朵正排著隊伍往前移動，想來應該是很嚇人的景象。

家庭餐廳在離車站走路不用五分鐘的距離，車站這一邊是跟學校完全相反的方向，我也是第一次來。餐廳入口有些狹窄，感覺好像位在走上樓梯後的大樓間空隙內一樣。

就在大家收了傘，三年級和二年級陸續進入店內時，學姊脫離了人流來到我身邊。

「沙彌香妹妹，那個啊。」

「沒有對吧?」

「沒有。」

這已經是第三次了，學姊露出害羞的笑。我大概知道了為什麼學姊給我一種年紀小的印象，覺得學姊就是一種把對於千金大小姐的想像化為現實而誕生的人。

還有我也在內心說了「沒有」。

雙薪的父母鮮少一起在家，所以我家不太有家族一起外食的機會。

總之，我注意不要比學姊還東張西望地上樓。

店內燈光明亮，彷彿與陰雨天隔絕開來。隔間座位緊密地排開，我差點要因為跟電視上看到的遥向一樣而張望起來，急忙自制。

窗外的景色是一整片灰色、蕭條的大樓及下個不停的雨。

看起來就像貼在玻璃上面那樣。

太過明亮的燈光給我一種沒有空檔的感覺，反而靜不下心。我們分學年隨意坐在空位上，但學姊卻在我身邊，「分學年」這種做法似乎與她無緣。

學姊對著正想說些什麼的我柔和地微笑，讓我無法開口。

接著戰戰兢兢地點完餐，當然要努力地不將戒慎態度表現在外。我們合唱團成員大概占去了這家不算大的家庭餐廳半數座位，或許因為如此，從周圍傳來的聲音大多較高亢。學姊的聲音則與這些高亢雜音有別地傳了過來。

「沙彌香妹妹家裡有養貓啊？」

「一隻玳瑁、一隻乳牛，共兩隻。」

話題不知幾時聊到我家的事，學姊很喜歡問我話。

「貓可愛嗎？」

「嗯，牠們比之前更親近我了。」

冷漠的時候也有冷漠的可愛之處就是了。

「喔。」學姊的反應有點難以形容，像是在想些什麼般往左邊看去。

「妳討厭貓嗎？」

「嗯——不知道耶……我好像不是太習慣動物。」

「不習慣？」

「或許因為不知道牠們在想什麼才敬而遠之吧。」

學姊這麼說，她本人明明這樣悠哉，讓我有些意外。

「不過若是沙彌香妹妹家的貓，我會想摸摸看。」

「這樣嗎？」

「我想應該跟妳很像，是乖小孩啊。」

……學姊眼中的我到底有多善良。

貓也不是我養的，實在很難覺得相像。

我回想著自家貓咪，苦笑著說「是這樣嗎」。

我們就像這樣在家庭餐廳度過一段時間。與其說跟大家，不如說是跟學姊。

接著要移動去ＫＴＶ，我打算撐傘的時候，學姊說「好像沒有很遠，我們一起撐吧」。我低頭看了看張到一半的傘，看著上頭殘留的雨滴往下流去，接著將之收起。

「打擾了。」

我鑽進學姊撐起的傘下，學姊露出滿臉笑容說「歡迎」。

即使讓學姊撐傘也沒有不方便之處，我因此感覺到兩人之間的身高差。

ＫＴＶ真的不遠，走不到一分鐘就到了。

正在收傘的學姊噘起了嘴抱怨「太快了吧」。

店員直接對我們這一大團介紹包廂，我很驚訝原來ＫＴＶ的包廂塞得下二十個人，我以為是更狹小的單間包廂。

大夥接連塞進紅色座椅。包廂內有些狹窄，坐在最裡面的人要出來應該挺辛苦的。還沒開唱，室內便已經以大音量放著音樂，加上燈光格外明亮，跟家庭餐廳一樣讓我不太能平靜。學姊似乎也有同樣感想，目光不安地游移著。

我們分別打算點飲料而拿起菜單看，這時社長行動了。

「我想藉這個機會宣布——」

突然拿起麥克風的社長在開唱之前就先走了過來，抓住我的手。

「咦？」

「下任社長就決定是佐伯沙彌香了！」

我還沒起身站好，就被這出其不意轟炸。

之前一次也沒聽說過。

「那個，社長，請問？」

「前任社長喔。」

社長笑瞇瞇地要我站起來，把麥克風遞給我，很乾脆地坐下了。

「請發表就任感言。」

「呃——不，為什麼是我？」

我透過麥克風提出疑問，但獲得熱烈鼓掌回應。我傻眼地心想，根本對不起來啊。

「我們社團的傳統就是社長給二年級中成績最好的人擔任。」

社長終於說明了，我直勾勾地盯著這樣說的社長瞧。

「怎麼了？」

「妳真的成績最好嗎？」

其他社員聽到我的問題笑了，社長氣噗噗地說「妳這小混蛋」。

「當時是最好沒錯啊，現在可能有點那個了就是。」

儘管態度忿忿不平，氣勢卻不是很夠。

「我也可能成績衰退，請容我辭退。」

「那個也是什麼意思啦，那個也。」

「……雖然我很想這樣說，但如果我拒絕了，大家可能會困擾……」

我無視社長的聲音，覺得無可奈何地放棄掙扎。其實多少有預料到這個狀況了。

深吸一口氣，背景音樂和社員們的聲音都漸漸安靜下來。

「雖然沒有自信可以做到最後，但請各位多多指教。」

我表現出妥善的態度。其實我的真心話更是激進，但還是將之壓下了。

以自己的意志表現出這種場合所真正需要的態度。

我並沒有這麼任性。

社員們也隨著場面氣氛報以熱烈鼓掌。

無論視線還是關注都投射在我身上，有種心癢癢的感覺。

我歸還麥克風就座，學姊對我說「恭喜」，但我不怎麼開心。

「沒想到竟然真的當上了社長，雖然我並不想當。」

「這也是沒辦法。」

「怎麼說沒辦法？」

「我想我們社上就屬妳最漂亮。」

學姊壓低聲音這麼說……我因「最漂亮」三字困惑。

「跟長相沒有關係吧？」

然後學姊妳怎麼這麼輕易說出這種話。

我慢了半拍才覺得有點害羞，偷偷看著學姊微笑的側臉。

……學姊也長得滿漂亮的啊。

我捏了捏自己的臉，最漂亮嗎？眼前很多張臉孔並排，但我不太確定。

只是心想，對學姊來說，我最漂亮嗎？

臉頰有些發燙。

離開ＫＴＶ的時候，學姊有如依偎著我般在我身邊。

我時而看著這樣的學姊，有時又沒看她。

夏天就這樣過去，秋季之風也造訪了音樂教室。

放學後的溫度變得宜人，應該不只是學姊們離開後致使空間變得寬廣之故。制服換成冬季版本，家人說這件黑色水手服制服比較適合我。我拎起袖子心想是這樣嗎？並低頭看了看制服，如果真的適合就好。

因為成績好就被拱上社長位子的我，這天也在音樂教室把桌椅挪到左右兩邊。既然社員減少，每個人得負責的工作量自然會增加。如果明年招募新社員的工作不順利，合唱團也可能因此解散。

這也算是社長的責任嗎？一定算是吧。

父親也說過，所謂有地位的人的工作，就是負起責任。

不過要增加入社的社員，具體來說該怎麼做啊？

我邊想著這些，邊把抬起來的桌子往牆邊靠。

「沙彌香妹妹。」

「學姊？」

柚木學姊正往音樂教室裡看。夏天結束後再也沒見過她，所以我有點意外她出現在這裡。總而言之，既然她叫了我，我就先停下手邊工作走去教室門口。

「好久不見。」

「嗯。」

學姊先點了頭，才「啊」一聲將手指抵在下巴上。

「我是不是該改口叫妳沙彌香社長比較好？」

「拜託，不要。」

聽起來很不上不下，要這樣起碼用姓稱呼吧。

「妳是來看看狀況的嗎？」

前任社長來過好幾次。或許是因為解脫了吧，她看著我們練習，悠哉地說了真是辛苦啊之類的話就回去了。學姊先「啊，嗯」地曖昧回應後，凝視著我。

我覺得之前似乎也感受過類似這樣的目光。

那不是發自學姊，而是更之前。每次回想起來，都想加以忽視的記憶。

我感覺到假想的、混在水裡的氯氣氣味。

「我有話想跟妳說，可以先等妳練完社團。」

話？我不禁歪頭，難道是在這邊一言難盡，有點長的話題嗎？

我心裡完全沒有底。

學姊不知為何別開了眼。

「結束之後可以來中庭嗎？」

「我是無所謂……」

接下來就要開始社團練習了，學姊應該要等上好一段時間，這樣好嗎？

「嗯，等等見。」

學姊簡單說完便離開，也沒有看音樂教室裡面。我看著她難得快步離去的背影。

我邊嘀咕著「要說什麼呢？」邊回去繼續搬桌椅。

不知是否因想起過往，坐立難安的感覺一直沒有消失。

即使結束社團練習，我也不可能立刻離開音樂教室。除了有收拾工作之外，我還得負責將音樂教室的鑰匙還回教師辦公室。我以比平常焦急的心情完成這些任務後，奔向中庭。我想起入學以來，除了打掃工作之外，我似乎沒有去過中庭。

換穿上鞋子後，沿著校舍牆壁繞過去，馬上就發現了學姊的身影。她站在中央噴水池後面，凝視著水靜靜地湧上。雙腳整齊地併攏，雙手彷彿要消除空隙般重疊著。

「學姊。」

我一出聲，學姊立刻面向這邊。她正垂著手等我，我繞過噴水池到她身邊，影子隨著夕陽西下漸漸拉長。影子比真正的學姊更深沉地立於大地之上，學姊只是稍稍動了一下，影子就像要趕開我那般大幅度移動。

「辛苦了。」

學姊出言慰勞我，然後雙眼逃避似地轉向噴水池那邊。

「不好意思。呃，其實不是什麼太大不了的事情。」

我心想不是有話要說？但因為只是小細節罷了，所以沒有特別追究。

「學姊，事情是……？」

我先瞥了天色一眼才問道，如果弄到太晚，電車就會變得很擠。

學姊看到我的態度，往前走了一步說「很快就會說完，很快」。

從學姊手臂伸出的影子，像是覆蓋我的臉部般穿過去。

「沙彌香妹妹，那個啊。」

學姊抓起我的手，以雙手將之包住。

她的手像是染上了秋色般有些冰涼。

她說了。

「我喜歡妳。」

有生以來第一次接受的告白如此直接。

沒有任何矯飾，很有學姊的風格。

想到這裡，我有些茫然，無法聚焦。

直到背後雖冒著冷汗但開始發熱為止，花了一段時間。

我感覺自己忘了眨眼，雙眼乾燥。

她說了喜歡我。

我有種後腦勺被絲線勾住的感覺，遲了一會兒才理解。

看到學姊臉頰不只因夕陽照耀而泛紅，讓我理解了她口中喜歡的意義。

「……………………………………………」

我甚至連要發出一點聲音都覺得猶豫。

一開始只覺得奇怪。

因為學姊是女生，我也是，很快就撞上了同性這道牆，感覺好像鼻子撞在比教室牆壁還要堅硬的東西上。我覺得被學姊的手包著的手漸漸發熱，究竟是誰的手比較熱呢？

「如果可以，希望妳能跟我交往。」

學姊更向前了一步。我的心彷彿想詢問他人該如何是好般左右張望。

當然，這裡沒有人幫助我，如果有其他人來了反而困擾。

蘊含傍晚氣息的清風，有如帶走臉頰上熱度般流過。

交往、交往就是指，那樣對吧。

我也要喜歡學姊，要喜歡？這種表現方式讓我覺得不太對。

我沉默不語，學姊的眉毛因不安而垂下。

我必須說些什麼才行。

接受嗎？

還是拒絕？

要立刻決定？

不要說這種不可能的事情好嗎。

「……可以讓我稍微想一想嗎？」

腦中思緒不停打轉，光是說出這句話就用盡我的全力。

學姊「嗯」了一聲承諾，有些擔憂地垂下眼笑了。

她似乎害怕著出現空檔一般，肩膀看起來很不可靠。

「那麼，我先失陪了。」

那麼是那麼什麼，話雖然是我說的但我不禁傻眼。在一片混亂之中，我笨拙地一行禮之後，動作彆扭地離開中庭。覺得關節好難彎曲，手腳彷彿等不及關節彎曲般急躁地動著。

儘管我自負本身個性和緊張不太有緣，但這可能是我自己誤會了。我知道不合秋季天氣的冷汗正從手中冒出。

連我都不熟悉的自己正暴露在風的吹拂之下。

回過頭，學姊舉著手在臉旁輕輕揮著。

然後或許是被我彆扭的笑感染了一般，嘴角稍稍放鬆。

我的臉一口氣燙到耳朵，急忙轉回頭去，在膝蓋無法順利彎曲的情況下快步離開。

這是我第一次接受他人告白。

不知道該考慮些什麼才好。

……直到今後不經意地回顧過往。

不禁認為第一位向我告白的對象是個女孩這點，說不定是一種命運的暗示。

我在回家的電車上差點坐過站。

差點因為沒有注意已經下完樓梯而跌倒。

平常總覺得疲倦的歸途竟在不知不覺中走完，似乎無法允許我等之後再行思考，讓我不禁仰望家門，感覺門頂比以往更接近自己的視線高度。如果這樣一直看下去，可能會永遠動彈不得，我於是決定什麼都先不想，總之進門。在玄關脫鞋的時候，跟祖母擦身而過。

「妳回來了啊。」

「我回來了。」

聲音滑過喉嚨這段筒狀空間的感覺，簡直不像發生在自己身上的事。

祖母似乎察覺了什麼般看了過來，我一副像是要隱瞞不該被發現的祕密那樣別開目光，急急忙忙離開，帶著只有頭部輕飄飄的錯覺走過走廊，勉強回到了自己的房間內。我凝視著沒有燈光的房間中央，眼前好似一陣天旋地轉。

這樣不行，這樣真的不行。我深吸氣，接著吐氣。

這是絕對不想讓家人察覺的動搖。

先等平靜一點之後才放下書包，順勢坐上椅子。

深深呼氣之後，覺得緊繃的肩膀好像縮小了。

我抱著雙腿，在椅子上微微地前後搖晃。雖然我發現自己還沒換下制服，但我沒有力氣起身。這麼一來，不用多久腦中就浮現了學姊。她說著喜歡我的聲音重播，我有自覺耳朵又變得火熱。

心臟「噗通、噗通、噗通」地輕快跳著。

儘管我無法很有自信地說跟學姊很熟，但我想她不是會拿這種事情來捉弄人的人。希望是。畢竟我們面對面的時候，我能感受到她是認真的。

我低頭看著自己握住的右手，摸了一下，發現手心仍發燙著。

我不知道學姊的熱度是否還殘留於此。

回想起學姊的臉孔。

回顧一下自己是否曾像那樣看待過學姊。

「……………………………………」

當然不可能有，因為我不覺得自己跟她特別親近。

雖說我會跟她搭話聊天，慶功宴也玩得很開心。

但我認為這是學姊與學妹之間那種和友情不一樣的關係。不過在那個時候、還有之前等許多時候，從學姊的角度所看到的、感受到的都不一樣嗎？

「呃啊……」

我不禁搖頭，雖然不至於是隔著一層薄紗，但沒想到身邊就有另一種世界。

或許因為室內一直緊閉著，覺得空氣彷彿停滯沒有流通，氣溫有些上升。我靜靜地吸入空氣、吐出，安撫持續焦躁著的心臟。就在我這麼做的時候，仍覺得臉上熱氣緩緩地從下往上竄，好像把頭浸泡在看不見的熱水裡面。

整個人茫然。

我曾聽過傳聞提到這樣的現象。在教室裡面聽過一些對他人戀愛狀況有興趣的同學，聊著那些不知從哪來的傳言聊得很開心。隔壁班的誰誰誰在校內跟同年級的女生牽手、十指交扣、接吻之類的。因為我不認為這些人會在可能被看到的地方做這些事情，所以我一概不信。

我一直這樣認為，但我也在剛剛被學姊握住了手。

原本覺得不可能的事情變得並非不可能了。

這件事不僅有點影響到我，甚至讓我滿腦子都在想這個，無法思考其他事情。

實際上，我可以等多久之後再回覆呢？儘管是自己說的，但我很後悔用了「稍微」

這種曖昧的說法。

如果讓學姊等上一星期，學姊會生氣嗎？不過這問題我甚至想好好思考一個月。

我完全不懂這個，但無法靠上才藝班學習，也不可能用學校的課業補強。我只能接受，並自己思考，做出選擇。無法先行做過任何練習，一上場就是正式演出。

老實說，我很不擅長這種事情。

訂立目標、加以努力、得出結果。

儘管我自豪擅長這麼做，但突然要我拿出成果只會困擾。

或許大家都是這樣，但偶爾還是會碰到。

即使面對突如其來的狀況，也能夠大概應付過去的人。

我不是這種人，所以覺得學姊很厲害。

竟然能夠開口說自己喜歡一個人。

過去她也有對其他人告白過嗎？

雖然有點天然的感覺，說不定其實戀愛經驗豐富。

學姊說喜歡我，我只聚焦在這點上，自然而然忍不住把臉埋進膝蓋裡。

「……原來是這樣。」

她之前看待其他學妹與我的角度並不相同，目前也是。

覺得我很好。

覺得我哪裡好呢？長相？還是舉止、氛圍、髮型？只有學姊知道是否還有其他。我有點想問她看看，不過如果她當面仔細地說給我聽，我真的能確實聽完不會逃走嗎。

『我喜歡沙彌香妹妹的長相，因為很漂亮。』

嗚。

『沙彌香妹妹很優秀，即使小我一屆，仍總是走在我前面。』

不。

『為了理想而努力，還有端正凜然的態度、外表……都很喜歡。』

行。

竟然擅自想像然後被打敗。還是說剛剛這些都是因為偷看了我的內心所呈現而出的呢？

也就是說，這樣的人是我理想中的對象？

我想起學姊，加以比較。長相……是很漂亮，但其他方面呢。

我突然驚覺自己竟然認真思考起來了。

「……我，不會。」

如果討厭這樣的關係、首先感受到的是厭惡，就不用煩惱了。

沒有要立刻拒絕的念頭，代表我也。

我想像著，趴在膝蓋上。在一片黑暗之中，緊緊抱著自己的雙腿。

隔天，我出現了很久沒有感受到的、不想去學校的心情。應該已經睡醒了，但頭還是茫茫然地淺眠著，覺得很壓迫。結果，昨晚根本沒有念書。

儘管昨天可謂無暇顧及課業……但這種說法也讓我非常困擾。

雖說發生了很嚴重的狀況，仍不可以怠忽提昇自己。

「傷腦筋……」

沒想到學姊一句話，竟如此撼動我的生活步調。

我自認充分理解「力量」這個詞的字面與意義，但覺得直到現在才體會了什麼是真正的力量。

我努力表現出不會讓家人可疑的態度，在玄關換穿鞋子。途中，乳牛貓彷彿來送我出門般現身。我覺得這兩隻貓分別有點像祖父母，動物或許真的會被照顧者的個性影響。

這隻貓比較像祖母。舉止俐落，眼神銳利。

像是要用雙眼射穿已經被自己看透的對象。

「……我走了喔。」

我跟貓打完招呼後離家，貓默默目送我離去。

之前雖曾希望搭乘的電車快點來，但今天是第一次希望車能夠延遲六個小時之後再來。學姊當然會來學校，不過我們不同學年，加上學姊已經退出社團了，若不是想要刻意見她，就不至於碰到面。

「如果學姊特地來找我我該怎麼辦……」

我只能在心裡祈禱我和學姊所認定的「稍微」不要有太大差距，看著外面。

天空不受我的情緒影響，一片晴朗。

即使進入教室，不安定的感覺仍然揮之不去，我變得有些在意周遭同學是否認為我與平時不同、或者用不同以往的眼光看我。不過若要進一步確認是否有這種狀況反而可疑，於是我只能努力假裝不知道。

我低著頭抄寫板書，學姊的聲音忽地重播。

學姊現在也抱著同樣心情上課嗎？

正忐忑不安地等待我的答覆嗎？

或許這樣的心情就像等待考試放榜。我想像起這樣的學姊，覺得不可以拖延答覆太久。雖然我很想晚一點回覆，但不可以。

我鑽牛角尖地往前趴，整張桌面填滿視野。

我一驚，重新坐好。

即使在課堂上，只要一個恍神，我就會想起學姊。老師在黑板前上課的內容，我連一半也沒聽進去。

我不禁愕然，這不是已經沉浸在戀愛之中了嗎？

我輕輕甩頭，想先暫時忘掉學姊，但我當然沒有這麼靈巧，只能看著筆記本的角落，一直思考著同一件事情。

當第一節、第二節課都持續著這種狀況時，我變得更是不安。

我根本無心上課，這樣下去肯定會影響成績。

一直以來不斷要求自己要做一個優秀學生的準則即將崩塌。

得想點辦法補救。

不過，我想怎麼辦呢？

不協調感、不安、困惑，難以說是正向的情緒混雜，擾亂我心。

結果，這種狀況持續到放學，或許唯一幸運的是學姊並沒有來找我。儘管我無心參加社團活動，但我也不能請假。今天我已經沒有好好上課了，要是連社團那邊都請假，我會覺得自己嚴重退步。所以我只能甩開一切煩惱般站起來，離開教室。

我邊祈禱著不要遇見學姊邊前往音樂教室，注意表現得像平常的自己那樣。說實話，合唱團的社員們看向我的時候，我心裡確實有所警戒，心想她們是不是知道學姊跟我告白了這般說來不可能，但仍不禁擔心的事情。明明沒有人說這些啊。

不過，原來柚木學姊的笑容之下，藏著無法想像的情緒。

我原本以為只是日常布景、關係不深的對象看起來都帶有特別的存在感。偶爾會看到一種說法是戀愛使人改變。戀愛的明明不是我，是學姊，卻連我看待事物的觀點都受到影響。

說不定冥冥之中有什麼強大的力量發生作用。

如果這種強大力量一口氣填滿校舍之中，是否連地平都能夠扭曲呢？

我想像著這類可笑的狀況。

結束社團活動之後，我迅速搭上返家電車，並且因為剛好有位子可坐而安心。

如果現在的我要站著搭車，很可能因為一時放鬆就跌坐在地。

我有如放任自己隨著電車搖晃般，身體擺動得比平時更明顯。

陽光從駛出的電車的另一邊車窗照射進來，開始西下的夕陽帶著些許橘色光芒，宣告日落已漸漸提早。秋色漸濃，再過不久冬天便會造訪。

今年冬天會是怎麼樣的呢。

我想像學姊在我身邊的樣子，臉上帶著我所熟知的笑容。

若我們之間的關係出現變化，她會表現出不同的一面讓我看到嗎？

「…………………………………………」

有點想看看。

在混亂之中，這樣的心情有種給我帶來一線曙光的感覺。

卻立刻被嘆息抵銷。

類似徒勞、類似失意……總之失落。

一天就要在總是想著學姊之下結束。

只是因為多了一件戀愛相關的事情，就變得無法平靜下來，看來自己意外並非冷靜之人。儘管我原本有自信可以更順暢地應付許多事情，這樣的想法也開始動搖。

傾斜的頭部正好正面接下射入的陽光。

從車站走回家的路上，也同樣想著學姊。

主要是捫心自問，我真的喜歡學姊嗎？

如果能弄清楚這點，我就不需要煩惱了。

像是一個個撿起河底石頭那般，拆解問題。

抗拒同性嗎？

老實說，冷靜下來後會發現，其實並沒有那麼嚴重。

問題不在這裡，而是這之間有些純然的什麼。

也就是說，我和學姊之間的關係才是重點。

我並沒有看清這些。

說不定，我還不懂喜歡上一個人是什麼狀況。

如果詢問學姊，能夠得知其真相為何，知曉是什麼樣的感覺嗎？

正當我如此自問的同時，影子伸長、城鎮染紅，我到家了。

穿過大門，發現右手邊有一道人影，祖母正抱著乳牛貓望向庭院。祖母的視線前方是庭院的樹林，還未變色的枝葉正在風兒吹拂下舞蹈著。祖母立刻發現我回到家，目光變得柔和一些。

「歡迎回家。」

祖母催促似地摸了摸貓的背部，貓咪也叫了一聲看過來。

「我回來了。」

我想，我應該回應得比昨天更自然一點，接著也輕輕對貓咪揮手。

我原本想要直接走進家裡，但祖母又出聲喊我。

「碰到什麼問題了嗎？」

「咦。」

我因為突然被看透而停下腳步，祖母和貓一樣一臉平靜的表情。

她為什麼知道呢？

「妳都表現在臉上了。」

簡直像是內心被看穿那樣說破，我焦急著心想要隱瞞起來。

如果連學姊的事情都被看穿就糟糕了。祖母抱著貓，往我這邊走過來。祖母那直直地走過來的身段，即使上了年紀也依然不變。

「有了喜歡的對象嗎？」

這雖未中但相去不遠矣的猜測，讓我驚訝祖母的眼光竟如此準確。

「我就讀的是女校。」

「確實呢。」

祖母難得露出像是惡作劇被發現後般興奮、青春的表情抖著肩膀。

「上學開心嗎？」

「呃，嗯……算是吧。」

「妳真是罕見的孩子。」

我的答案對祖母來說，或許有些出乎意料。

因為我在個性上不覺得念書很辛苦，所以不會討厭學校，只是覺得搭電車通學有點累。

「我不討厭念書。」

「我孫女怎麼這麼優秀呢。」

祖母輕佻地表示感動，我也很難因此覺得自豪，只能像方才的祖母那樣仰望庭院樹木，這些樹看起來和種在學校中庭的樹木有些相似。陽光從樹葉另一頭灑入，使我瞇細了眼。不至於刺眼到需要別開視線或閉上雙眼的黃昏陽光正覆蓋著我。

「我不知道妳在煩惱什麼，但我覺得妳可以像過去那樣嘗試看看。一旦長大成為大人，就不是那麼容易可以開始挑戰新事物了，要就趁現在。」

祖母的忠告混入夕陽光輝之中，像是被清風吹起的窗簾邊角撫過臉頰那般。

「因為大人已經知道很多事情會有什麼結果，所以會變得膽小。」

很多事情。

女孩子愛上女孩子。

若正面回覆學姊，學姊會開心、充滿正向的氣息。然而。

在那之後，會有令人變得膽小的結果等待我們嗎？

「所以我只會一直看著庭院，爺爺只會一直追貓。」

祖父那個不是單純喜歡貓而已嗎？

「是這樣嗎？」

「就是這樣。」

因為活到這樣的年紀，祖母的聲色之中才有著明確的肯定。

這樣的肯定像水滴那樣，打在我淤積的內心表面。

「原本還在聊學校的話題，怎麼突然轉到這邊呢？」

「啊，那只是開場白。我偶爾也會想跟孫女好好聊聊，現在就是這樣囉。」

祖母說得平淡，我原本心想她不總是會跟我說話嗎？不過仔細想想，除了打招呼和抱怨以外，我們交談的次數或許減少了。雖然沒有表現出來，但祖母可能也覺得寂寞了吧。

包含不在這裡的祖父在內，我覺得我們之間比以往更有距離。

這是隨著我成長無可避免，一定會產生的內心空檔。

等到察覺這空檔存在，才會像這樣想將之填滿。

「我也覺得能說說話很好。」

雖然不算受教，但有種被推了一把的感覺。

誠如祖母所說，無法得知結果將是如何，也無法將之歸咎於任何人。即使如此，能夠聽到他人給予的建議，對於原本以為孤單的心靈仍是一大幫助。

祖母稍稍緩頰，溫柔地撫摸貓咪背部。

我與祖母與貓。

兩人一貓都很平和地、漸漸地增長年齡。

只有包容在夕陽之中的自家景象，延伸出了過往容貌。

當天晚上我煩惱完，得出了答案。

想趁這答案還沒動搖之前，傳達給學姊。

只覺得天明時分竟是如此遙遠。

我邊在前往學校的電車上搖晃，忽地想起。

我還不知道學姊的電話號碼。

知道的事情應該是少數。

所以才想要拉近彼此距離、接觸，並熟悉她吧。

到了學校之後，我猶豫要不要一早就去找她。以我的立場來說，雖然想立刻回應，但仍需要顧慮學姊的狀況，說起來學姊也很有可能還沒到校。

於是乎，我仰望著樓梯停下腳步。

只不過我也能夠想像，若沒有說出口，我又會因為很在意而無法好好上課。所以還是去。

我下定決心登上樓梯，走在三年級教室並列的走廊上。這是我第一次為了委員會工作以外的事情來到這裡，在一片不熟悉的面孔之中，時而可見合唱團的學姊。一對上眼，學姊們都對於看到我而表現出「哎呀？」的狐疑態度，我也只能每每報以「嗯，有點事情」的曖昧笑容。

我想著我也不知道學姊是哪一班，邊走邊看著門牌，有種失去目標而徘徊的感覺。當我腳下彷彿要被河川沖走那樣不穩定時，就聽見有人用「沙彌香妹妹」喊了我，差點整個人跳起來。我邊察覺自己停止了呼吸，邊直接往左一轉。

柚木學姊就在教室入口處。這是我相隔三日再次見到她，卻沒有過了這麼長時間的感覺。

甚至有種我們才剛剛在中庭道別的錯覺。

「早安。」

總之我先道早，聲音有些高亢，看來需要再控制一下。

「早……找我有事嗎？」

這問題之中混雜的期待與不安，究竟哪一方較多呢？

「是、的，我是來找學姊的。」

經過的學姊們是怎樣看待正互相凝視的我們呢。

學姊「嗯」了一聲頷首，因略顯緊張而表情僵住，等著我說話。

不過我看了看周圍，覺得這裡不是很理想。

「我們去中庭好了。」

我以眼神詢問「如果方便的話」，學姊立刻回以「就這麼做吧」表示同意。

「不過時間上不是太充裕……」

學姊似乎有些在意上課時間，回頭看了一下教室。

「我會很快說完。」

好像曾經看過這樣的互動。學姊來到我身邊，我們並肩走著。

我刻意盡量不要看學姊。

學姊也保持沉默，我偶爾感受得到視線。

等能夠看到外頭景象之後，學姊就沒有與我並肩，而是走在稍微後面一點的位置上。至今我幾乎沒有機會利用中庭，但今後或許會變成充滿我與學姊之間回憶的場所。

走在鋪設磚瓦的中庭裡，覺得腳步聲與心情相反，顯得高亢。

學姊的腳步聲也像種重疊上來般接在後面。

早晨的中庭，噴水池這邊當然沒有人影，不過已經成為充滿陽光、枝葉搖曳的舒適場所。若沒有與學姊相遇，我將會在從未感受過這樣風景的情況下畢業吧。與他人之間的關係，會創造出嶄新時光。

來到噴水池前，我停下腳步後回頭。學姊驚慌地「哇」了一聲，連忙止步。

學姊將手舉到胸前，掌心朝向前方，低調地往後退了一步、兩步。

「我可以說了嗎？」

誠如學姊所說，時間不多，彼此都沒有餘力做好心理準備。

「請說。」

學姊挺直身子，像是個後輩一樣回應我的話。

這有點好笑，讓我也跟著不再緊張了。

「首先，有一點我必須明確地說清楚。」

「嗯？嗯。」

我像是要製造落差那般先說出明確的前提，不知這前提是否沒有影響到學姊，她的反應有些淡薄。

「我不確定自己現在是否喜歡柚木學姊。」

接著補上一句「儘管煩惱了很久」。學姊有些抱歉地垂下頭。

「對不起，妳當上社長之後應該很忙的。」

「呃，這部分確實是。」

學姊的腳稍稍調整了位置。

我盡可能想掬起因為前提而稍稍沉重下去的氣氛。

「不過，接受學姊告白本身，我……不覺得討厭。」

「覺得」這種說法是騙人的，我完全沒有討厭的部分。

我想知道喜歡一個人之後，將有什麼在未來等待。

「所以，用試試看的說法雖然有點怪……但我想若跟學姊交往，能多體會一些事情也很好。」

相對於學姊的告白，我的回答不甚直接，是否有點卑鄙呢？

不過我想表達的意思似乎傳達給了學姊，她的眼睛像開花那樣添增了色彩。

「沙彌香妹妹。」

聲音帶著滋潤。不過還是加上了「妹妹」啊，這種稱呼讓我覺得心癢。

我覺得有某種黏膩的感覺混入早晨的清爽空氣之中，席捲在喉嚨與下頜之下的那個是從未體驗過的感受，讓我心想：原來這就是情侶之間的氣氛嗎？有種不甚安定的感覺。

……是我太急躁了嗎？

不過我回應了，接受了學姊告白。

為了能喜歡上學姊而要先交往，覺得順序好像錯了。

但又不能現在才要當成沒這回事。

學姊握起我的手，彼此彷彿要十指交扣，盡可能地縮短了距離。

傳聞又有一項得到證實。

學姊的臉頰淡淡地泛紅，祝福彼此的一切。

「我很羨慕這種的。」

「……這是什麼意思？」

學姊以不明確的笑容回答我。

「雖然說請多指教好像有點怪怪的……不過沙彌香妹妹，請多指教。」

「……好的。」

佇立著的我回答有些壓低。

被學姊呼喚名字，耳朵感到一陣騷動。

但這感覺與過往不同，充滿著淡淡的熱氣。

當天夜晚，我翻閱字典，查找了「交往」的意涵。

確認了之後，暫時無法入睡。

「沙彌香妹妹，久等了。」

翌日午休，先抵達的我等待著學姊到來。地點是與昨天相同的中庭。

無論地點還是時間，都是昨天道別之前學姊指定的。

我仰望陰霾天空，學姊並不顯得慌張，平穩地前來。

「等很久了嗎？」

「嗯，等了一下。」

「對不起喔。」

「不會，畢竟學姊的教室離得比較遠。」

而且我根本無法想像學姊在走廊奔跑的模樣。

學姊先在噴水池邊的長椅坐下之後，才像再也忍不住那般樂開懷。

「我很想體驗看看約碰面呢。」

那是一個像塞了棉花糖般，軟綿綿的笑容。

啊，原來她嚮往這樣的啊，連我都不禁要跟著笑起來。

「不覺得祕密的關係很棒嗎？」

「啊哈哈……」

儘管說是祕密，但選定的地點倒是相當開放。從四面八方的任何角落都能看見我們。

我覺得班上同學什麼時候開始說起我的傳聞都不奇怪了。

「沙彌香妹妹喜歡閱讀什麼類型的書呢？」

她與她之間的對話於是展開。雖然我沒有經驗，只是基於想像，但覺得學姊切入話題的感覺很像在相親。

「我滿常閱讀評論類書籍。」

從周遭的角度來看，並肩坐著的我們看起來像什麼關係呢？社團裡比較親近的學姊學妹？還是如學姊所希望的情侶？我邊回答，邊思考著我與學姊之間的關係，與昨天不同的部分究竟是什麼呢？

我想要探查似地，在近距離凝視學姊。

「那一類的啊。」

學姊露出略顯困擾的笑容，讓我在意起究竟是哪裡不對呢？

「我想說妳平常都會看哪一類的小說。」

啊啊，原來是要問這個。學姊讓我知道我哪裡誤解了，對她來說書就等於小說。

不過我先是別開了目光，心想該怎麼辦。照實回答比較好嗎？

還是要配合學姊才對呢。

猶豫了一下，我決定誠實回答。

「我不太看小說……」

不侷限於小說，電影、電視劇之類的虛構內容都不太吸引我。我並不是要否認創作的價值，只是覺得即使接觸這類作品也有種離自己很遙遠的感覺。

不過學姊似乎不是如此，曖昧地笑了。

「我之前看完的小說很有趣，想說要不要推薦給妳。」

啊，原來是這樣。我又像剛剛那樣理解了關鍵。然後，這次回答起來並沒有那麼猶豫。

「我也想看看，可以告訴我是哪本書嗎？」

「也想看看」這個說法有一半是騙人的，但我認為有一半是真心的。

我抱持著應該要透過書本理解學姊的念頭。面對不同於朋友、家人立場的對象，我心裡懷抱著一種不可太過無知的焦躁。

聽了我這麼說的學姊很開心地開始說明，我想這樣就好。

當天回家路上，我下了電車之後立刻轉往書店。那是一間在蔬果店旁邊，不算太有規模的個體戶書店。或許因為時間帶的關係，比起書店，蔬果店的人潮還更多。

「歡迎光臨。」

進入書店後，戴著眼鏡的中年女性出聲招呼我，櫃台裡面則坐著一位婆婆。不知道這位婆婆是瞇細了眼睛，還是原本就瞇瞇眼。我稍稍環顧了店內，煩惱了一下是否要詢問店員書本的位置之後，決定自力搜尋。

儘管知道不可能因為這點小事曝光，但我想盡量隱瞞與學姊之間的事情。

我有如反芻著學姊的聲音般，回想起出版社與作者名。

「作者記得是，林……」

我用手指著書架，確認按照作者姓名排列的書本，找到第三層的時候便來到我想找的姓氏。

有了。我指著作者名。林錬磨。其著作排列在架上，因為我孤陋寡聞的關係所以今天才第一次聽說這位作者的名號，但看起來是位相當受歡迎的作者。我接著發現學姊介紹給我的那本書，從架上抽出之後，整齊的書架上便出現了一個小空洞。

如果我的書架上出現了空間，很快就會填滿。

若不這麼做，我就會有種無法平靜的感覺。

我帶著書本來到櫃台結帳，負責結帳的婆婆以比我們家的俐落祖母略顯緩慢的動作幫我結帳。我等著婆婆結帳時，聽見一道女孩說「我回來了」的聲音後回過頭去，就看到女性店員正隨性地跟穿著制服的女生搭話。從她們之的距離感來看，我發現女孩應該是這間書店家的小孩，大概跟我一樣就讀中學吧。

個子看起來有些嬌小，年紀可能比我小。

女孩跟在結帳的我對上眼，先點個頭示意之後就鑽過門簾進去裡面了。我結完帳之後離開書店，邊往外走邊心想：書店家的小孩是不是有看不完的書呢？

「不過那些都是店裡的商品，不至於吧。」

而且身邊都是書本，並不代表就會喜歡書。

書店的小孩都會注重些什麼而生活著呢？

我有點在意這個。

回到家後，或許因為搭乘的電車是同一班，所以門前的景象並沒有太大差別。不過因為今天去了書店一趟，所以能感覺太陽更是西下了一些。在白天的天色之中，開始混入略帶點黃的光芒進去。

雖然只是微小的細節，但若沒有與學姊交往，我就看不到這樣的景色。

我茫然地與那樣的景色相對。

回到房間後，瞥了床鋪一眼。昨晚不太好入睡，儘管身體略顯疲倦，但今天應該也不太好睡吧。儘管我滿腦子想著學姊，結果仍是連什麼答案也得不出來。

我放下書包，換好衣服後，立刻拿起方才購買的書本。

在寫作業之前先打開了學姊推薦給我的小說。

閱讀了一會兒之後，忽然驚覺似地抬起頭。

我慢了好幾拍才驚訝於自己竟然比起學習，先選擇了閱讀小說。

明明沒有別人在，我卻好像突然覺得很丟臉一般環顧左右。熟悉的房內看起來比平常更是明亮，我有點不知該看哪裡才好。幸虧貓咪不在房裡，讓我稍微安心了點。

我思考著無論在家還是在學校，若都將學姊放在第一順位，會怎麼樣。

有點可怕。

因為那樣的我會與現在的我判若兩人。

冷靜下來之後，我重新戴好眼鏡。曾幾何時，我在家變得會戴上眼鏡了。不經意地垂眼看到的自己手掌大了些許，椅子也變成了恰到好處的大小。

所以也能有情人。

「情人……」

我邊低語邊按著眼頭，重新實際感受到這種不熟悉的關係。

即使變成了老太太，我也會跟學姊在一起嗎……好像想得太早，也想得太深入了。不過若有朝一日將要分手，我現在為什麼要如此努力呢？一想到這裡就有種被深沉黑暗的洞穴絆住的感覺，於是中斷。

比起想一些遙遠將來的事，更應該關心現在該做的事。

所以我又打開小說，繼續閱讀。

一開始只是抱著輕鬆的心情讀過，卻漸漸被內容吸引，更是熱中且深入地閱讀。

小說內容並非溫柔的愛情劇，也不是爽快的青春群像劇，而是血淋淋的推理作品。

硬派的文風充分寫活了各式各樣人生，書中角色將毫不留情地死去、背叛、受騙。偶爾會對這樣悽慘的故事抱持厭惡，就是因為作者描寫的功力高超之故吧。

「真意外。」

一開始的感想比起針對書本內容，更像是對學姊的喜好感到意外。畢竟學姊的聲音甜美，整個人軟綿綿的，原本以為跟這類故事的氣氛完全無緣。我擅自認為她是看著遠方的某個人幸福後會覺得羨慕的類型。

原來實際上她是會推薦這種書的人啊。

相當出乎意料。

我好像幻覺到柚木學姊柔軟的髮梢詭異扭曲的樣子。

接著隔著晚餐時間之後，我在快九點的時候終於整本看完了。後記只寫了簡單的近況報告和答謝詞，看不出作家本人的形象。有種搭配文風而刻意寫得一板一眼的感覺。

我闔上書本，伸展一下往前彎的背部和手臂。房內燈光對剛讀完整本書正顯疲勞的雙眼也略嫌刺激，我從椅子上起身，就這樣躺到床上。

一旦仰躺了之後，就更能清楚明確地感覺呼吸正貼近骨頭。

每呼一口氣，都能意識到肋骨的存在。

回想起剛讀完的小說中小刀深入骨頭的描寫，我知道自己繃起了臉。

學姊意外喜歡刺激呢。

喜歡上我或許也是一種刺激。

因為想要刺激而喜歡上我，這樣的學姊感覺有點像玩咖。

……也許她意外地就是這種人？

了解學姊、懷疑學姊。不，應該說我心目中的學姊形象變得可疑起來。

我知道了學姊的一面，所以我又多喜歡了學姊的一個部分嗎？

我在心中自問，是這樣嗎？好像在一片漆黑之中排列形狀漂亮的石頭加以確認一般。

有意外之處嘛，嗯，是滿好的。

好像在解應用問題那樣，想要找出答案來。

而在找到答案之後，能夠找出真正的學姊嗎……咦？那麼平常看到的學姊是假的？我跟假的學姊開始談起了戀愛嗎？總覺得心情有些躁動。

我知道，表現在外的形象其實與真正的自己相去甚遠。

我也是這樣。之所以會表露真心，就是因為我缺乏人情味。

不過兩方都像這樣拿出虛假的一面，就是所謂的戀愛關係嗎？

……我不明白。

但我也無法與祖母或家人商量，只能自己找出答案。現在才十四歲的我，不是已經知道很多事情答案的大人，只能以自己的方式摸索。

我想，這就是成為大人的經歷。

儘管是非常困難的事。

太多事情不理解，連身體都變得輕飄飄。

好似想起了過往只是漂浮在平穩水面上的那一天。

「我看完學姊推薦的那本書了。」

隔天，我與學姊見面之後立刻打開這個話題。學姊有點驚訝。

「真快。」

「我剛好有事去書店一趟……」

我說了謊，為什麼想要隱瞞呢？是覺得要老實說明自己因為想多了解學姊一點而想說盡早入手就去買了很不好意思嗎？當然很不好意思。

「那這就派不上用場了呢。」

學姊從書包裡取出一本文庫書本。跟我昨天買的書是同一本。

「因為妳說想看看，我原本想說拿來借妳的。」

「啊啊……」

看樣子是我太急了。

「學姊的心意我收下了。」

「就這麼做吧。」

學姊收好書，重新調整情緒後，問起我感想。

「好看嗎？」

如果這時候我回說「很無聊」或「不是我喜歡的類型」，我想跟學姊之間的關係或許會很乾脆地結束。情侶之間的關係真的這麼脆弱嗎？

「很有趣呢。」

聽到我這普通的感想，學姊仍表現得開心。雖然是聽起來沒怎麼用腦、隨處可聽到的話語，但這樣簡單的表達反而好。

比起說一些奇怪難懂的感想而無法讓人理解更好。

「雖然內容比我想像中刺激。」

「是啊，我只是很平常地閱讀，結果被騙了好多次。我覺得就是這個部分很有趣呢。」

我們的對話有順利接上嗎？還是沒有？

先不論這點，總之我想說，原來如此。

「原來學姊喜歡被騙的感覺。」

真是難得的喜好。我當然討厭被騙。

「沙彌香妹妹？」

見我陷入沉思，學姊歪頭。

「我正在思考要怎麼欺騙學姊。」

說謊很難，我認為我從來沒有說過完全不包含任何真實的謊言。如果沒有稍微加入一些真相，就會伴隨話語不夠紮實的不安。

借用他人的評語來說，我就是一個正經八百的人。

當我這樣表現出認真思考的態度時，學姊突然笑了。

「怎麼了嗎？」

「沙彌香妹妹可能比我想像中還有趣許多呢。」

「我還沒開始說謊耶……」

學姊已經笑了……嗯，似乎是覺得很有趣。

認同我對書本的感想，加上笨拙的玩笑，學姊因此開心。

而這之中，也有能讓我滿足的部分。

可喜可賀、可喜可賀。

……是這樣嗎？

無須思考，我說我沒有說謊本身就是謊言。

其實，我讀完小說之後，真的無法覺得那麼有趣。

不過與其對學姊說真話，欺騙她應該能讓她更滿足。

學姊喜歡這樣的我嗎？

那麼，她並不喜歡讀過小說之前的我嗎？

接受她的推薦，從指尖開始被改寫。

至今建構起來的過去風化、四散。

一想到今後若交往更深入，這樣的狀況將不會停止，我就覺得一陣暈眩。

「……學姊。」

半年後，在學姊身邊的我一定會變成另一個人。

「什麼事？」

「如果還有看到有趣的小說，請告訴我。」

不是出自真心的想法從自己的內側流暢地表現出來。

這些是從哪裡產生的呢？

「嗯，沙彌香妹妹也一樣喔。」

「好的。」

我不看小說啊。

只是我覺得，既然學姊說喜歡我，我就該面對她。

我想要回應她。

即使過往的自己將消磨而去。

對於漸漸變成對方所希望的自己，並不抱持恐懼與疑問。

這就是所謂的喜歡上一個人嗎？

雖然事到如今再提有點晚，但柚木學姊的名字是千枝。

我至今一直以學姊或柚木學姊稱呼她，也總是這樣認定，所以不知不覺忽略了。至於我為什麼突然想起她的名字？是因為在學校看到學姊，聽見她身邊的朋友們都這樣稱呼她。

「學姊的朋友都直接用名字稱呼妳呢。」

過中午之後就意識到的事情，有必要記著、加溫，到放學之後才提出。

學姊並不是搭電車通學，又是學姊，也從沒有催促過我。

因為諸如此類環境因素，我跟學姊碰面的時間，僅限於平日在校內的午休或放學後，在一天之中也算不上多，這樣學姊能滿足嗎？

「沙彌香妹妹不是這樣嗎？」

「這個嘛……」

雖然被這樣稱呼不算稀奇，但我沒有這樣稱呼過別人。

「是學年間的差距嗎？」

「我想不是這麼嚴重的事情。」

我覺得應該關乎個人資質吧。

「…………………………」

我也該直接以名字稱呼學姊嗎？

會以名字稱呼朋友，卻用姓稱呼女友，我覺得這樣的距離感好像反過來了。

不過。我思考著。

「沙彌香妹妹？」

我煩惱著即使以名字稱呼，是否能夠直呼名字呢？我沒辦法對以直呼名字的方式稱呼年長者。我試著想像直接用千枝稱呼身旁學姊的自己，只感覺到滿滿的不協調。

那千枝姊？感覺好像有點太禮貌，或者該說太裝模作樣，這樣稱呼起來也是有點奇怪。我沒自信能持續以這種方式稱呼她，跟她對話。

千枝學姊，我認為要的話這樣稱呼應該最理想。我試著默唸了一下，感覺好奇怪，是一種不知道該怎麼面對自身心態的稱呼方式。

什麼千枝學姊啊。

覺得一旦這樣稱呼，眼前這個人看起來將徹底不同。

……感覺每一種都太困難了，只好放棄。

「我覺得學姊還是叫學姊就好。」

我省去說明中間的過程，因為理所當然地要是從頭到尾都赤裸裸地坦承出來，我絕對無法承受，學姊則是愣住了。不過即使如此，學姊似乎理解了狀況，面露嚴肅表情。

「這是在說很感性的事情嗎？」

我低頭說，不用理解沒關係。

「應該算是跟學姊相遇真是太好了，這一類的。」

其實不是。

「我很期待午休時間能和妳見面喔。」

我有點羨慕和害羞著矇混過去的我不同，能夠當面直接說出這些的學姊。不過也覺得話題有些沒對上。

「不覺得有只屬於彼此的祕密聯繫著我們，這樣很棒嗎？」

「是喔。」

學姊之前也這樣說過，她似乎真的很喜歡祕密的關係，但我沒什麼明顯的感受。所謂要保持祕密，大多是因為心虛。雖然是心虛沒錯。

但這樣的聯繫感覺只要稍微拉扯，就會斷裂。

「學姊，可以問一件事情嗎？」

「請說喔。」

笑瞇瞇的學姊給我一種好像面對著同年級、甚至是學妹的感覺。我吸了一口吹送著背部的略顯寒冷秋風，說道：

「學姊是喜歡我哪裡呢？」

如果不先弄清楚這點，我將無法訂定今後該怎麼做的方針。

老實說問這個很害羞，但不能一直迴避。

「咦、咦咦——」

學姊或許也覺得這問題太直接，扭著身體無法平靜，眼光也飄移著。她的舉止讓我也害羞起來，開始覺得噴水池的水聲非常明顯，知道自己的感受變得纖細了。

「傷腦筋耶。」

「我理解妳的心情。」

如果情人突然這樣問我，我也會不知該如何回答吧。

……我稍稍思考了一下，我會怎麼回應。

如果是我，可能會回答長相吧。人會最先喜歡對方的長相，仔細想想這很不可思議。

我們理所當然地理解長相和手腳的不同之處。

也接受了美醜的價值差異。

如果擁有世界上最美麗的一雙手，但長相歪七扭八，應該很難將之認定為戀愛對象。

在大部分的人心裡，都認為長相很重要。

因為對方的臉剛好在自己的視線高度附近。

常看見的地方若有美麗的東西，還是比較令人高興。

「不能說是全部嗎？」

可能因為想不出具體答案，學姊想要隨便找一條路逃生。

我開始有點懷疑學姊的愛了。

「我是想問一下以供參考。」

「參考什麼？」

「很多。」

我當然不可能說想要多鑽研，讓自己變成學姊會喜歡的人。

既然學姊喜歡我，我想盡可能誠懇地回應她的心意。

我認為人的情緒就該如此小心翼翼地對待。

「這個嘛……溫柔的部分？」

「……妳這是隨口說說的吧？」

我雖然不至於不溫柔，但並不是真的很溫和的人。我認為學姊才是待人更圓滑的人。

「我覺得沙彌香妹妹是好孩子啊？」

看，就是這樣，只要是稍微能聊得來的對象，大家都是好孩子吧。

「既然這樣，今後我會更溫柔對待學姊。」

聽我這麼說，學姊愣了一下，然後馬上又笑了。

「果然很溫柔。」

這樣老實稱讚我的玩笑，我很難回話。

「不過溫柔的態度什麼的，只要有心，都可以這樣對待任何人。」

只要有每個人都具備的同理心，就能無限產出溫柔的態度。
學姊柔和地說「不是這樣喔」，反駁了我。
「溫柔還是有各式各樣的形式，我喜歡沙彌香妹妹的溫柔。」
「……是、這樣嗎。」
有某種聲音警告著我，這時候要是問「這是什麼意思」就太不解風情了。
學姊的說法有些抽象，我難以判斷是否該害羞。
「感覺很難懂呢。」
「偶爾也該說些難懂的事情嘛，畢竟我原則上是學姊啊。」
我在心中嘀咕：「原則上嗎？」如學姊之前所說，只是因為早出生一年就要被依賴，或許是滿辛苦的。我當上合唱團的社長之後，多少也這麼認為。
但是，當我想說結果還是沒有任何具體的結論時。
「我喜歡妳雖然覺得害羞，但還是會有點認真說話的舉止。」
學姊將一隻手撐在膝蓋上，身體往前傾看著我。
「舉止，是嗎？」

「嗯，沙彌香妹妹的舉止會在不經意的時候，讓我覺得啊，真有氣質。」

「是這樣嗎？」

我低頭看向張開的雙手手掌，這一定是直接被灌輸，我自己不會明白的部分。

「因為我學過很多才藝。」

「果然。」

學姊因為猜測正確而高興，像是要閉上眼那樣瞇細了眼睛。

不過我覺得這所學校應該不少像我這樣的學生，學姊自己身上也有那種好家庭出身的千金氛圍，儘管我還不知道學姊的家庭狀況。

過去學過的許多才藝，即使到了我已忘記的時候仍產生著作用。其實這是我第一次覺得它們產生了具體成果，我們真的無法得知過去將會聯繫著何處的未來。

……不過呢，我先看了看周圍的景象，停了一拍。

重新因為女性之間的話題如此千變萬化而頭暈目眩。

「時間差不多到了。」

我確認掛在校舍牆上的鐘低語。鐘因為掛在很高的位置，實在無法打掃吧，表面的玻璃有些灰色髒污的感覺，不過仍正確地宣告午休將要結束的時間。

「快樂的時光總是過得很快呢。」

我完全沒想過自己真的會聽到這種感覺四處可見的感想。

「……是啊。」

確實，跟學姊在一起會思考很多事情，時間過得很快。

這或許也算一種屬於我享受時光的方式。

學姊從長椅上站起來，輕輕拍了拍裙子，像是想到一般說：

「啊，今晚家中有事，放學後我就不等妳，會直接回家喔。不好意思。」

「不會，是沒關係……」

每天都讓她等我練完社團，我也是很不好意思，畢竟我們回家的方向不一樣，加上我還要搭電車，總是讓她這樣等卻沒多少時間可以相處。在練習社團時，就屬這件事最讓我焦急，所以知道她不會等我，我反而輕鬆一些。

我抱持著這樣的想法回話，但學姊的反應有點小。

然後先停了一拍。

「這樣回應也是有點寂寞呢。」

如她所說，學姊的笑容裡面混入了些許寂寥感覺。

「呃。」

「啊，妳別介意。那就明天見嘍。」

學姊輕輕揮手後先行離開。對喔，放學後見不到面就是明天見了，我目送著學姊離開才察覺到此事。然後開始思考學姊發言的意義。

學姊說了寂寞，寂寞什麼呢？配合我所說的話，稍稍低頭思索。

「原來如此……」

學姊是希望我能因為放學後無法見面感到遺憾。

「沒關係」這樣的答覆可能有些冷淡。

也就是說，剛剛的表現並不溫柔。

「情侶……真有點難呢。」

還必須把謊言當真。

我仍抱持著扮演情人的心態陪伴在學姊身邊。

……不，更應該說，愈喜歡她，就愈是想要扮演好她所期望的我吧。

我不確定自己是否真的能做到，但畢竟機會難得，要就想認真做到底。

我並不討厭完成困難的事情。

十月步入後半，日照和溫度也隨著枝葉變色漸漸下降。

待在噴水池旁，因為水邊冷氣的關係導致身體瑟縮的機會變多了。那天我在午休和學姊見面，離開的時候被她握住了手。學姊似乎沒怎麼考量到被人看到的可能性，我儘管覺得考慮一下比較好，仍回握了她的手。

「沙彌香妹妹的手真溫暖。」

我覺得學姊很多發言都有種創作的感覺。

「如果到了冬天，我可能會想一直握著。」

學姊彷彿夢想著這般情境，發言閃閃發光。握住的兩隻手都顯得白皙。

「……學姊看到我，會覺得手掌發熱嗎？」

現在學姊的手冰涼，這樣的溫差挺舒服的。

「嗯？什麼什麼？」

儘管理所當然，但學姊應該是沒能理解我發言的意圖，因此詢問起意思。

……被她聽到丟臉的發言了。

「不，沒什麼。」

我有種要口吐白沫的感覺。抬頭仰望到的天空有如水面湛藍。

我跟學姊一起望著那映照出過去的水鏡般的天空。

和學姊道別之後回到教室，像是鑽過教室內喧囂的空隙，回到自己的座位。

「欸欸，佐伯同學。」

我一坐下，坐我後面的同學來找我搭話。

「怎麼了嗎？」

「午休的時候妳都去哪了啊？」

回過頭去的脖子差點要僵住。

「最近一午休妳就會立刻往教室外面跑。」

「呃……」

之前我也說過，我不擅長說謊。或許因為我有點支吾其詞，反而讓同學更好奇了。原本想說圖書館，但我認為還是不要隨便扯不相關的謊比較好。

「我請學姊教我課業。」

因為我認為有可能被撞見跟學姊在一起，於是說了這樣的謊。

「課業？」

「我認為要維持成績，起碼得做到這樣。」

我知道自己目光游移。

「真強——」

同學消遣似地笑著說「我真心學不來」。我隨意回以一個笑容，轉身回去。

以背部隱藏自己的表情，暗暗嘆了一口氣。

「佐伯同學真是奇特。」

「會嗎？」

「因為看妳出教室的樣子都很開心。」

我轉過去。

「我想說喜歡念書的人都很正經八百就……嗯，怎麼了？」

「很開心？我嗎？」

這真的是我沒有自覺的感想，所以忍不住想確認。

對同學來說這是無關緊要、別人的事情，所以會毫不客氣地說出真相。

「看起來是啊。」

「這樣啊……」

我接收了這般客觀意見，認真思考起真是這樣嗎。

既然旁觀者眼中看起來是這樣，那麼我就算是是格外期待與學姊見面了。

我摸了摸自己的臉頰，很清爽，沒有發燙的感覺。

我心想現在確認是有什麼用，因自己無法隱瞞動搖而更是動搖。

……這就代表。

我一直在想學姊，因可以見到學姊而開心。

這跟我喜歡上了學姊有哪裡不同呢？

真神祕。我又煩惱了起來，然後稍稍怨恨起同學。

之後明明還有課要上，卻給我增加了除了課業之外的問題。

……就這樣。

儘管我會考慮許多與學姊相關的事情，但仍有思慮不周之處。

實際面對這些事情，就會痛徹體會。

當天我們不是約在中庭碰面，而是偶然在校舍外遇到學姊。我因為準備上體育課而打算前往操場，儘管不同學年，還是剛好像一進一出那樣撞見了。

學姊和我都是在身邊有其他同學的情況下遇見對方，並且不知該作何反應才好而僵住。儘管沒有無視彼此，但要是很熟稔地直接聊起來，旁人是否會驚訝呢？正當我在煩惱的時候，學姊主動過來了。

「沙彌香妹妹。」

她看起來沒有想太多，一如往常地跟我打招呼。

「妳好。」

我刻意假裝只是普通學妹。不過我心想這好像是第一次看到學姊穿體育服，因此不禁注視了起來。平常都是穿制服，看著學姊穿著體育外套的模樣，有些新奇。

「體育服又有不一樣的感覺呢。」

學姊似乎也想著同樣的事，從頭到腳打量著我。

「學姊才是，看起來比穿制服……」

我差點脫口說出年紀更小。

「更有學姊的感覺呢。」

「啊，這種說法很好。」

我心想直接說出很好是否有些輕率。

「呃，那我要去上課了。」

我輕輕低頭示意，並打算就此與學姊擦身而過。學姊口中的「好」這句回應很簡短，有種我不甚明白的輕快。

我想，這點互動應該還好吧。

我邊有些自我意識過剩地自我檢討著，並接受了這樣的結果，突然——

學姊的唇湊到我耳邊。

「放學後我會等妳。」

以輕巧的微小聲音這樣低語，讓我渾身起了雞皮疙瘩。

我不禁回過頭，只見學姊滿足地笑咪咪，耳朵和臉頰略略泛紅。

雖然學姊那邊也是一樣，但我的狀況看在同學眼裡似乎很奇特，於是有人來問我：

「什麼什麼，剛剛怎麼了？」

「該說什麼怎麼了呢……」

我打哈哈地笑著看向遠處，只能忍耐著等這一切事過境遷。

學姊的氣息殘留耳邊，我很明確地能感受到她就是想做一次看看。

……真是的，這個人真危險。

我忍著不讓腦中一片空白，在體育老師面前整隊，收斂情緒。

嗯。

「我得小心別顯得心不在焉。」

要是兩個人都這樣輕飄飄的，不管在哪裡都會突兀吧。

無論家中還是學校，有太多地方必須要腳踏實地了。

雖然我們約好了要碰面，但從走廊可以看見的中庭正下著小雨。我趴在窗前，心想學姊是否還是會去中庭呢？噴水池附近沒有人影出沒。

我就這樣看著，彷彿看見了游泳班的泳池。

平穩的水面與回憶一同蕩漾，在那裡產生了水波。

「啊，發現沙彌香妹妹了。」

學姊從樓梯那邊探出頭來，窺視著走廊。我邊著想她在做什麼，邊往她那邊過去。學姊倏地收回自己的頭，不知為何這樣的動作有點有趣。

我往走廊裡面過去，學姊就在樓梯前。

「我還想說下雨了該怎麼辦，正好看到了。」

「是啊，不過……」

我省略話語，以舉止詢問學姊為何要貼著牆壁偷看我。學姊這才總算離開貼著的牆壁，以「這是因為」開場說明。

「我覺得三年級在二年級的走廊東張西望有點奇怪。」

很普通的理由，我原本以為學姊不在意這些，有點意外。

「之後如果碰到下雨，就直接取消吧。」

「知道了。」

若是這樣，我希望不要太常下雨。

這麼想了之後，才驚訝自己竟有這種想法。

接著想起同學曾經說過我看起來很開心。

「我是個常在運動會碰到下雨天的小孩呢，不知道有沒有關係呢。」

學姊竟然開始擔心起這個，有點好玩。原來對學姊來說，每天都是有特別活動的嗎？

她認為與我度過的時間乃是特別，讓我感到興奮與安心這般矛盾與折衝。

「學姊……這問題雖然奇怪，但有想著我的時候嗎？」

天啊，我怎麼在走廊上問這個？問完才覺得自己太輕率了。不過，我現在就是想問學姊。

學姊一開始也有點傻住，但立刻回答我。

她的答案也是在人來人去的通道上不太適合說出的話。

「我總是想著妳喔。」

「……真的嗎？」

或許這雖然是我想要的答案，但因為太符合期望了而不禁懷疑。

「嗯，比方想說想跟妳一起做這樣的還有那樣的事情。」

她的手左右交替指了這邊和那邊，我確認了一下手指的方向，只看到牆壁。

「舉例來說是哪些事？」

「不要問啦我會害羞。」

學姊誇張地說「妳討厭啦」拍著我的肩膀，的確不是需要明明白白講出來的內容。

不過——

「那學姊打算就停留在想想而已嗎？」

不表現出來就會是這樣了。

就像我接受了學姊的告白、學姊對我告白那樣，有些事情不揭露便不會有結果。學姊聽我這樣說，先「嗯——」地稍微思考之後。

「那我今天試試看。」

「咦？好的。」

感覺這說法有點奇怪。學姊先點了個頭，接著迅速離開了。

到底是什麼啊。

然後，當天晚上。

「沙彌香，妳的電話。」

祖母拿著電話子機告知我。

我打算起身時，才想起貓咪還躺在我腿上。

「誰打來的？」

儘管現在行動電話如此普及，但我家仍備有市內電話，因為祖父母認識的人裡面有很多人沒有個人行動電話，其實我也沒有，因為至今從未覺得有私底下和什麼人聯絡的必要性。

「學校學姊，姓柚木。」

我聽到名字的瞬間，眼前好似閃過一陣火花。

我完全沒料到是誰會打電話來，結果是最出人意表的對象打來了。

「我接，啊。」

貓不肯走。我摸了摸牠的背催促牠離開，乳牛貓這才總算去找祖母了。

我用貓咪跟祖母交換了電話。

「沙彌香妹妹，不要講太久喔。」

「嗯……嗯？」

祖母的聲音說出了我所不熟悉的稱呼方式讓我驚訝，我看著電話子機和祖母，心想她怎麼突然這樣叫我。

感覺有聯繫上，卻好像又有點遠。

我確認祖母與貓一同離開之後，回到椅子上。

好了。

我先清了清嗓子。

「喂。」

『啊，佐伯……沙彌香妹妹。』

學姊的聲音像勾勒出一個V字般，先往下沉後上揚。

真的是柚木學姊，但我不記得我有跟她說過家裡的電話號碼，她可能是透過合唱團的聯絡網查到的吧。總之實際上來看，我現在正透過電話與學姊聯絡。

「妳突然打來讓我嚇了一跳。」

『咦？算突然嗎？我不是有說我會想妳嗎。』

「啊？」

我先發出疑問的聲音，才想到今天放學後的互動。這是她想跟我一起做的哪樣事情呢？

是這樣的，還是那樣的？

『我做了我想試試看的事情。』

「打電話嗎？」

『對。』

學姊壓低聲音。

『打電話給情人。』

我差點要彎起背蹭上牆壁，盡可能不讓聲音走漏出去。

學姊家裡沒有其他人嗎？不過若沒有其他人，應該不會刻意壓低聲音吧。該說她是大膽呢，還是天不怕地不怕呢，我東張西望著，確認房間和走廊沒有其他人。祖母和貓咪不會偷偷躲在陰暗角落。

『我很嚮往這種的。』

學姊的聲音圓滑甜美，如沉魚落雁。

「這……能實現真好呢。」

我們彼此應該都沒想到扮演情人的竟是我。

我腦子裡當然沒底，畢竟學姊一直是學姊。

直到她對我告白的那一天。

『啊，還有，對不起，我一開始不小心問了「請問沙彌香妹妹在嗎」這樣。』

「原來如此……」

母。

我回顧剛剛的狀況，心想原來是這樣，瞇細了眼睛瞪著根本不可能在走廊的祖母。

『我想說叫沙彌香同學很怪，要說佐伯小姐又全家都是佐伯……就在猶豫的時候不小心脫口而出。啊哈哈，對不起喔。』

「呃，嗯，是沒關係。」

家人從沒叫過我沙彌香妹妹，雖然我想說幼兒園的老師可能會這樣叫，但那已經是久遠到可以埋進沙子裡風化的過往了。

至少現在，我是只屬於學姊的沙彌香妹妹。

……字面有點令人害臊。

『嗯——不過即使打電話給妳，也沒有什麼可以聊的呢。』

我感覺到學姊正困擾地苦笑著。

我也一樣。

「畢竟每天都會聊天。」

『就是說啊，打電話時雖然很緊張……』

學姊講到這裡先停了一下，然後又像浮出水面那樣立刻轉回來。

『既然都緊張過了就好吧。』

這孩子氣的感想讓我差點笑出。

同時身體湧出一股熱度。那並不是讓人避諱的熱氣，而是溫暖的熱。

這股熱度催生出率直話語。

「如果學姊滿足就好。」

『沙彌香妹妹真是個好孩子呢。』

「並沒有喔。」

『但其實我還沒滿足，還有一件事情想做。』

「啊，是這樣的事情嗎？」

『不對，是那樣的事情。』

「我不知道哪裡不一樣。」

『這樣的事情也需要沙彌香妹妹一起來努力。』

「我嗎？」

她究竟想讓我做什麼？畢竟是個愛作夢的學姊，一定是很丟臉的事情。

的確，若要那麼做，必須有覺悟，並端正心態不可逃避……不能不努力呢。

「請手下留情。」

『啊哈哈……不是那麼不得了的事……算不得了嗎……』

學姊嘀咕出類似防線的內容，讓我不禁退縮了。

這樣的事情和那樣的事情。

連我都要開始想像起來了。

『那，如果講太久會被懷疑……』

「啊，是，學姊辛苦了。」

我故意假裝成學妹說話，等學姊掛斷。

『…………………………』

「…………………………」

『那麼。』

「是。」

『由我掛斷了。』

「麻煩妳了。」

我聽到深吸一口氣的聲音，然後過了三秒，掛斷電話。

「呵……」

我差點要笑出來。

在學姊的舉止之中發現可愛之處，因學姊的聲音而心情雀躍。

這之中確實有好感存在。

「……………………………………」

雖然在學校也是這樣，但我覺得自己心中的歉疚漸漸淡去。

對於比起其他，學姊更是優先一事。

若將好意之中的歉疚去除，就會變成戀愛。

「……我到底在想什麼丟臉的事啊……」

「子機還我喔。」

祖母倏地從走廊探出頭來，這毫無預兆的登場差點嚇得我跳起來。

「子機。」

「啊，好好。」

我因為有些害羞，所以幾乎以要丟出子機的氣勢將之還給祖母。

祖母連著貓一起抱著電話，垂眼看我。

「怎麼了嗎？」

「妳們很要好？」

祖母像是試探什麼般詢問，讓我有些緊張。平時我很欣賞她銳利的目光，但到了這種時候就會一百八十度轉變成不擅長面對。光是被她看透我有所隱瞞，就等於已經說出了答案。

「她是社團學姊。」

因為，刻意隱瞞和學校學姊之間的關係……當然可疑。

我沒有說謊。

「這樣啊。」

祖母摸著貓，沒有多說什麼離開了。見她正按著子機上的開關，可能是需要打電話出去。我呼了一口氣轉向床鋪，整個人撲倒上去。

學姊突如其來的電話攻擊到現在才開始慢慢生效。

有著一股彷彿跨越了什麼般舒暢的疲勞。

一想到只因打了一通電話而開心的學姊，連我也跟著開心起來。

不過並不會因為這樣就滿足，是嗎。

或許這樣就好。

因為若滿足了，或許就代表將到此結束。

在那之後過了兩天，我知道了「那樣的事情」的真相。

一如往常與我約在中庭見面的學姊動作顯得笨拙彆扭，應答也有些不順。而這樣的狀況，似乎跟看起來將要下雨的天色並無關係。

「發生什麼事了嗎？」

我真心覺得奇怪而開口問道，學姊就逕自嗆到。

等她咳嗽完了之後，才平靜下來說：

「沙彌香妹妹，其實呢。」

學姊順暢地移動到長椅邊緣，雙腳併攏端正姿勢，側眼窺探著我。因為這開場太不明就裡，我只是靜靜地等待著。這時學姊突然露出利牙。

而這利牙準確地咬住我的羞恥心。

「我想跟、沙彌香妹妹、親吻。」

學姊是不是不懂什麼叫鋪陳啊。

這發言出乎意料到有如突然在路上被隨機殺人犯捅了一樣。

我的喉嚨立刻乾啞起來。

「這就是那樣的事？」

「對。」

學姊簡短回應後點了頭，我們凝視著彼此，雙方都不經意地別過目光。

「…………」

我重新在長椅上坐好，清了清嗓。

「這真是……確實很那樣的呢。」

不行，我想假裝平靜卻無比動搖。明明什麼也沒做，眼底卻好熱。

「這也是學姊所嚮往的嗎？」

「沙彌香妹妹不嚮往嗎？」

「老實說，我沒有思考過。」

因為我對學姊……學姊，想到這裡，目光又游移起來。

我偷看了學姊的嘴唇一眼，那唇瓣將與我的……究竟有什麼意義呢？儘管不明白，然而一旦意識起來胸口便陣陣酸楚。還有，雖然這樣的心情很奇怪、雖然這樣說真的很那個，但令人有點想吸附上去，無論意識、嘴唇還是感情，一切的一切。

「要、試試看嗎？」

聲音像是直接穿破喉嚨洩漏而出。

學姊露出驚訝表情，接著彈跳似地站起，手臂緩緩地往外張開，這是要接受我的姿勢？見我看起來害怕的樣子，學姊的手臂又像是要發出「嘎吱嘎吱」的聲音般緩慢地放下。

「我想一定很美妙。」

所謂的美妙是出自何處的期待呢？學姊的話從我的左耳進、右耳出，我也站了起來，大跨步地、一步又一步縮短與學姊之間的距離，還差點因為縮得太短而撞上。

「可以嗎？」

我進行確認，因為這也是學姊第一次親吻他人吧。

「應該……可以。」

緊張無比的學姊回答得很滑稽，但我也沒有餘力笑她。

首先伸出手。

我的右手與學姊的左手交纏，像是不願放開彼此那樣。

學姊另一隻手捧起我的下巴，手指像是要調整角度那樣在肌膚上滑過。

這樣輕柔的觸感，讓我背後一顫。

最後是學姊的左腳往前踏了一步。

學姊的嘴唇碰觸了我。

瞬間，視野溶解。
像是窺探了光之泉水般，充滿不知出處的光芒。
好似就這樣將從與學姊接觸的部分一同溶解。
風從頭上吹過，我聽見樹木彷彿與風聲重疊般沙沙作響。
我邊畏懼著這樣的聲音，靜靜地與學姊重合。
……最終。
分開的時候也是我先退下一步，腳步差點踉蹌，我只能在腳踝使力。
心臟穩定地劇烈跳動，甚至出現耳鳴。
除了自己的聲音之外，什麼也聽不見。
然後學姊——
「……咦？」
學姊大大歪頭。
那舉止看起來非常可笑。
學姊的腳「噠噠噠」地蹬了地面。

「唔——嗯？」

皺起了眉。

「那個，學姊。」

我擔心了起來，因為無法判讀究竟發生了什麼、學姊感覺到了什麼。

學姊見我這樣，重新端正姿勢。

「呃——我只是害羞。」

學姊別開目光，只有嘴角帶笑。在我問出「是這樣嗎？」之前。

「沙彌香妹妹覺得如何？親吻。」

她說話有些快地尋求我的感想。就算問我如何，我也只能仰頭。

接觸學姊的嘴唇時，有某種感覺流入胸中。

那感覺從手臂流向指尖，帶給我緩緩擴散、令人搔癢的熱度。

手掌發熱。

過去的我從某人口中聽見的狀況，正發生在自己身上。

過去與現在正強力地連結起來，中庭樹木重疊的模樣令我目眩。

再也無法逃避了。

這種感覺果然就是那樣吧。

「我確定自己喜歡學姊了。」

我將許多心情統整，傳達給學姊。

學姊接收這簡短卻明確的回覆，垂下了眼。

「這樣啊。」

學姊移開身體，背對著我，只有頭髮左右搖晃。

「學姊？」

「這樣啊……」

我沒辦法問重複這樣說的學姊究竟是什麼意思，帶著不安想要窺探她的臉孔，但在看過去之前，學姊突然轉回來，握起我的手，並順勢將臉湊過來，嘴唇貼上我的下巴。

學姊的眼睛在近距離下眨著。

我的下巴有些濕潤。

學姊緩緩放開臉，按著嘴角說「失敗了」。

「而且還咬到了嘴唇。」

「……真是糟糕呢。」

儘管我無法得知被她遮住的嘴角變化，但學姊的肩膀正上下起伏。

「應該需要練習吧。」

「是、是呢。」

我連帶稍稍笑了，即使沒有餘力，有些情緒仍會自然地表現出來。

因為，我覺得學姊很可愛。

而跟這樣的學姊接吻，我的內心受到比背景的林木更強烈的風擾亂。

這是與學姊的第一吻。

也是我人生的第一次。

同時是我第一段戀愛。

充滿未知事物的輕飄感從我身上奪走地面。

過去一路走來的安定與常識，並不存在於飄浮的前方。

「需要練習！」

「好的。」

我們以奇怪的方式道別，並急忙地往明顯不同的方向離開。

「……咦？」

這次換我一個人低語出疑問。

道別時，學姊的嘴稍稍動了。

沒有發出聲音，但從嘴形可以得知。

她似乎說了「傷腦筋」。

學校中庭是聯繫我與學姊的場所。

我搭電車通學，學姊是三年級，除此之外還有很多部分，都與我們的視線高度不一致。

而這樣的我們之所以能夠見面，是因為我們約好要來這邊。

其他能夠彼此配合的地方……呃……應該就是喜歡彼此吧？

這樣害羞的想法讓我鼻頭發熱，跟結束中學部畢業典禮的學姊一起走在中庭。

學姊雙手抱著東西和畢業證書，無法跟她牽手。

「在這邊見面也到今天為止了呢。」

「嗯。」

與學姊之間的聯繫出現了破綻，不安被仍帶著冬天氣息的的風煽動著。

春天尚遠，而在這之後的春天將會有溫暖嗎。

「沙彌香妹妹。」

「是。」

「來接吻吧。」

突如其來的提案讓我們都停下腳步。

學姊難得在行動之前特地說出口。

「好的。」

學姊的雙手塞滿了東西，所以由我握住她的手臂，將臉湊過去，跟依順著我如此做的學姊雙唇重疊。學姊的上下唇瓣都顯得冰冷而乾裂。
曾幾何時，我不再在意周圍的目光。
比起周圍，我更想多看著學姊。
究竟是什麼時候開始的呢？我變得如此愛戀學姊。
學姊先放開嘴唇，挪開臉的她，彷彿還很睏倦一般眼皮很重。
「……學姊？」
我覺得她淡薄的反應有些不協調，學姊緩緩搖頭說「沒什麼」。
「對不起，今天好像有點茫然。」
學姊困擾似地笑了，並覺得被風吹拂的瀏海很礙事一般皺起眉。
我想今天會感到意識散漫也是無可奈何。
「畢竟是畢業典禮。」
我想應該是這樣而脫口而出。小學畢業典禮時是怎樣呢？
我的小學生時光在途中就像被催促一般不斷逃避，不太記得細節了。
「是啊……我畢業了呢。」

這麼說著的學姊瞇細了眼看向遠方，學姊凝視的方向只有一片青空。

我無法掌握她究竟看到了什麼。

無法與她共享這些讓我有點煎熬。

「那麼，再見。」

學姊這麼說完，很平常地離開了學校。

總覺得學姊不在了的學校，已失去深度。

除了這裡之外，我還能在哪裡見到學姊呢？

我們還沒有談到這點，就與學姊分離了。

就這樣。

在這中庭的花朵綻放之前，學姊離開了學校，我現在只能一個人欣賞它的美。

學姊離開中學，我升上三年級。教室雖然往上了一層，但沒有更高的樓層，我只是更遠離了學姊。即使一年之後我能確認學姊在我上方，但還要一年。

一想到必須等待春夏秋冬走過一輪，就覺得好漫長。

每當日照溫暖地觸及肌膚，就彷彿吊著我胃口。

在陽光妝點之下的春天，感覺要留在鎮上很長一段時間。

即使待在這裡等待，也見不到學姊，我們也沒有約好要碰面。即使知道，仍忍不住在午休時過來，畢竟留在教室也無事可做。

學姊也會想我嗎？

儘管半是開玩笑地心想「她沒有忘記我就好了」，仍因此感到不安。只要沒有聯絡，就會有這樣的情緒產生。我們之間的距離絕對不算遠，如果我想要去高中部的校舍看看，只需走過去便可。

但要去到那裡，中間有很多障礙阻撓。

我直到現在才同意學姊以前所說過，如果是同年級就好了的這番話。

同時也覺得如果能在我升上高中部之後才遇見學姊就好。

但這些都是無可奈何的事。

我只好切換腦中憂鬱的念頭，整理一下狀況。

首先，在學姊升上高中部之後，我們就沒見面過。因為好幾個星期沒見面了，老實說我很寂寞，所以才想跟學姊見個面，但又衍生出該在怎麼樣見到她的問題。

我有跟學姊說過，我們家禁止小孩在中學畢業前就持有手機。因為我的人際關係都是在學校建立的，所以並不覺得這有什麼不便之處，但一跟學姊分開之後就不知該如何是好了。即使學姊持有行動電話，我也沒機會詢問電話號碼。

不見面就什麼也不明白，不過打電話過去也沒什麼好說，也無法決定下次見面的日子，感覺會陷入惡性循環。

即使想直接去見學姊，但要我進入高中部校舍也是有些忌憚，不過若沒有哪一方先採取行動便不會產生接點。學姊不可能會偶然來到中學部的中庭，反之亦然。我一想像如果就這樣一直見不到面，心裡只會產生與春天非常不合襯的、無比漆黑的事物。

我向前傾，很沒教養地將手肘撐在膝蓋上，瞇細眼睛。

放學後去高中部校門等看看吧。

現在我只想得到這個方法。當然，我不清楚學姊的狀況。不知道她大概都幾點下課，也不知道她有沒有參加社團。我自以為稍微了解她了一些，但學姊又漸漸變得不透明。理解永遠無法跟上，這不就會永遠重複同樣的狀況嗎？

我閉上眼，思考要不要付諸行動。學姊不會覺得困擾嗎？儘管我心想：「為何會？」但心裡仍有這類客套與不安情緒。一定是我誤以為升上高中的學姊遠離了，若這樣下去狀況應該會更嚴重。解決辦法只有見到學姊的面。

好，去見她吧。

這麼決定之後，我就安心下來。

結果，結論打一開始就決定了，差別只在有沒有達到想要那麼做的情緒高度。在春日溫暖我之前，我花了點時間才決心採取行動。

放學之後，我請了病假沒去社團，早早離開了校舍。這是我人生第一次裝病請假，儘管伴隨著緊貼著背部般的罪惡感，但身體仍繼續前行。我有自覺心中對學姊的優先順序已經超過了學習、練習社團與責任等等。

沉浸於戀愛之中的人的言行舉止在旁人看來，似乎顯得滑稽。

我看起來像個小丑嗎？

我第一次往高中部校舍去。高中部校舍與中學部校舍鄰接，馬上就能看見。我像是繞過圍牆那樣，移動到另一扇校門前，途中與高中部的學姊們擦身而過。我一邊確認這之中有沒有學姊的身影，一邊靠在門柱上。

照在脖子的午後陽光如此溫暖。

若學姊已經回家，我就會一直在這裡空等。我閉上眼，腦中浮現電車開走的景象。若沒有我可以搭乘的電車，我就哪裡也去不了。

家人會怎麼想呢？不僅社團活動偷懶，還怠忽學習。

只拘泥學姊，甚至可能嚴重影響生活作息。

外面明明很溫暖，卻徒增陰暗之面。

我睜開眼，繼續數著從大門走出的身影。

不知重疊了多少次之後。

「沙彌香妹妹？」

學姊以有些驚訝的聲音呼喚了我，讓我感到懷念。

當下殘留的想像全都瓦解了。

「學姊。」

我讓背部離開門，轉向聲音傳來的方向。學姊就在那裡，而且不是一個人。

她身旁的另外兩人，是升上高中部認識的朋友嗎？至少不是合唱團的學姊。她們看著我，面露不可思議的表情。學姊轉頭向兩人說明。

「是我學妹……嗯，今天不好意思喔。」

學姊跟她們簡短說明後往我這邊過來。

當我們直接面對面，一股新穎物體的氣味傳來。是從領巾散發而出的嗎？

「好久不見了。」

「嗯。」

學姊邊回話邊回頭看向離開的兩人，表現得有些在意。

「學姊？」

「啊，嗯。」

學姊以曖昧的反應與笑容回應我，這樣的回應讓我感覺好像只有自己一頭熱。跟想像中不太一樣。

「怎麼了嗎？」

學姊稍稍覺得不可思議地歪頭，連我都跟著放鬆了下來，失去氣勢。

「什麼怎麼了……」

學姊完全不在意嗎？

我因感受到差距而困惑著。學姊似乎從我的態度察覺到了，有些慌張地說：

「啊，妳是來見我的吧，謝謝妳。」

這種表面性的感謝，聽起來就像受到和煦春風煽動。

無論表裡都一片白，上頭什麼也沒有。

「對不起，因為妳來得突然，所以我有些驚訝。」

「沒關係……」

學姊也是人，當然會說謊，也會想要打圓場。儘管我明白，但當自己成為被這樣對待的對象，還是會覺得受傷。

而在這時候無法問出「給妳造成困擾了嗎？」就是我軟弱之處。

「怎麼了？這樣盯著我看。」

學姊苦笑。一直追究下去，只會徒增不舒服的氣氛。

我先停了一拍。

把過大的期望緩緩地、稍微趕進自己內部。

接著像是重複般再嘀咕了一次「沒有」。

「只是覺得學姊的笑容有點成熟。」

「咦？我才剛升上高中，應該沒有這回事喔？」

學姊揮著手說「沒這回事」，然後把玩著髮尾。

「不過，從沙彌香妹妹的角度來看，我變得成熟了啊。」

學姊滿足地「嗯哼嗯哼」嘀咕著。看到她這種一如既往的舉止，儘管話是我說的，但還是會覺得全部都像假的一樣。看到熟悉的學姊面相，我總算安心了下來。

「學姊有手機嗎？」

我覺得氣氛總算變成讓我能這樣問，所以打開話題。

「電話？嗯，有啊。」

「可以告訴我號碼嗎？」

儘管我認為她不至於拒絕，但我還是用這種方式問了。

「是可以……」

學姊一邊取出電話，眼睛往右邊的遠方看去。

「沙彌香妹妹可以告訴我號碼嗎？」

這種狀況偶爾會發生，就是我倆之間的對話會尷尬地對不上。是因為學姊有著天然的一面嗎？

「啊，沙彌香妹妹妳有手機嗎？」

「嗯，我辦了一支。」

確認的順序有些奇怪也許也很有學姊的風格吧。

我為了想與學姊聯絡而想要電話，但等入手之後才發現只有我有電話沒有意義。

電話終於能派上用場了。

我告訴學姊已經記住了的電話號碼。

「這樣這樣這樣……這樣對嗎？」

學姊把電話的畫面給我看，讓我確認。如果在這邊搞錯了，我就又得裝病在社團活動這邊請假，所以我很謹慎地確認。

「嗯，沒有錯。」

我回答了之後，才發現也是不一樣。

如果學姊沒有打給我，我就不知道她的號碼。我無法再採取行動，只能等別人。雖然我不是不相信學姊，但為了製造出現在這個狀況而行動的是我，我覺得學姊至今並沒有特別做些什麼。

我覺得有點奇怪，但仍視而不見。

「對喔，我不知道沙彌香妹妹的電話號碼呢……」

低下頭的學姊嘀咕了些什麼。

「學姊？」

「沒有，沒什麼。」

學姊加好通訊錄之後收下電話，然後直直俯視著我。

「沙彌香妹妹。」

她又再次喊了我的名字，即使我回應了她，仍沒有後續。

「唔——嗯……」

學姊難得嚴肅地抿著嘴角，眼睛也是先揪了一下，才像沉思般閉上。

到底怎麼了？

在我等她的途中，一輛汽車駛過車道。

明明是柏油路面，卻似乎能聽到類似夾雜了小石子的異物聲音。

「沒關係，不用。」

學姊收回嚴肅表情，重新換上笑容。

「這樣我會很在意……」

「說之前我想了一下，但想想又覺得沒關係——」

「是喔。」

這樣我會更在意啊。

「雖然只有到半途的一下下，但我們一起回家吧。」

學姊像是不想明確回覆般，陪著我一起走了出去。

腳步比起來到這裡時輕，不過那並不是輕快，而是虛浮。
因為我跟來到這裡時並沒有什麼特別差異。
只有學姊的電話因為登記了我的號碼而變得沉重了一點點。
這是我期望已久、與學姊相處的時間。但即使走在學姊身邊，仍覺得彼此距離比以往更遠，是因為我意識到高中生這種存在與自己之間的隔閡嗎？
或者——
「怎麼了怎麼了？」
或許因為我茫然地仰望著，學姊表現出在意頭髮狀況的舉止。
「我覺得身高好像又跟學姊拉開了一些差距。」
「妳真厲害，竟然會發現。之前健康檢查測量的時候，我有稍微長高了一點呢。」
學姊顯得有些得意地將手掌放在頭頂上。
當然，我並沒有真的察覺她長高了。
不過被她這麼一說並以這樣的眼光看待之後，就會覺得她確實長高了。

總覺得只有學姊不斷向前，讓我有些焦慮。

「好想早點追上學姊喔。」

我低聲嘀咕。學姊先是驚訝地睜圓了眼之後，轉向前方說「若能這樣就好了」。

「今晚我會打給妳。」

道別之際，學姊這麼說。

我已經變得單純到只是這樣，心中的霧靄便能稍稍散去的程度。

跟學姊之間的關係，讓我無法維持複雜。

當天晚上，我在半是無法好好念書的情況下，任憑時間緩緩流逝。

我看了好幾次放在桌旁的手機停下手邊工作，即使心裡知道這樣不好，仍無法集中精神。我的行事基準嚴重地更改到甚至讓我心想，戀愛真的是生活中所必要的嗎？

儘管我知道我不能沉淪到會影響學習的程度，但又會碰到究竟要怎麼做，才能夠合理適當地調整人的情緒的問題。

我停下手邊工作從椅子上起身，倒在床上，並躺著看向書櫃，上面增加了許多我原本並沒有興趣的小說。無論內外，我都漸漸變成了學姊所期望的我，但學姊還沒打電話給我。今天晚上只剩下四小時，我像是想要逃避燈光照射般以手臂遮住眼睛。為何無法否認感覺現況正停滯不前呢。

好不容易見到學姊了，心情卻漸漸消沉下去。

我就這樣茫然地投身於時鐘秒針前進的聲音之中。

在那之後約過了一小時，電話響了。

我彈起來伸手往桌前，急忙拿起電話，看到不熟悉的號碼顯示在螢幕上，接通。

「喂。」

『喂喂，沙彌香妹妹？』

是學姊的聲音。

上。

「……是我。」

我重新在附近的椅子上坐好，然後才發現房間紙門大開，於是立刻去將之闔上。

我窺探了一下走廊，跟剛好經過的貓對上眼，差點要嚇得退縮。貓好似看透了我，我馬上別開目光。接著在心裡暗暗嘀咕「幫我保密喔」之後才闔上紙門。

『咦？沙彌香妹妹？』

「啊，有有，沒問題，是我。」

『太好了，號碼沒錯呢。』

「嗯。」

這麼一來，之後我就不用在社團那邊請假了。同時也撐過了這陣手忙腳亂，又回到椅子上。

『現在方便講電話嗎？』

「我剛做完作業，正準備休息。」

我瞥了放著幾近白紙的筆記的書桌一眼，我也漸漸習慣說謊了。
當我自覺自己為了被人喜歡而會開始扯謊之後，心中多少有些抱歉。
這究竟是對誰的罪惡感呢。
『這是第一次透過電話跟沙彌香妹妹說話吧？』
「不……之前也講過電話的。」
『啊，應該說透過行動電話。』
「這就確實是。」
『聲音聽起來好像比較年輕。』
怎麼是用年輕形容。
『年輕這說法好像有點怪？』
在我說話之前，學姊自己發現了。
『但應該……也不喜歡被說幼小吧？』
「呃——這個……年輕就好吧。」
雖然我覺得學姊採用的兩種比喻都不太恰當，但我心裡也沒有比較具體的說法。而且我會一直聽到自己的聲音，無法在這之中感受到年齡差距。

「就當作是可愛吧。」

『嗯，這樣或許比較好。』

這麼笑著的學姊聲音聽起來也比平常高亢，或許這就是聽起來比較幼小的原因。

『然後呢，可愛的沙彌香妹妹。』

「拜託不要……」

覺得渾身不對勁。

『呃——那個啊。』

「是？」

『我在想要聊些什麼。』

學姊彷彿有些困擾地笑的方式，有如中途挫折般短暫地重複。

從新的一年到來之後常常猜中的問題，至今仍未獲得解決。

彼此之所以對見面變得消極，難道是因為這個狀況造成的影響嗎？

我將手放在膝蓋上思考可以說些什麼……頂多只有跟學校有關的話題吧。

「學姊已經決定好參加什麼社團了嗎？」

『社團？目前沒有參加喔。我聽說高中課業比較難，想說應該沒有這樣的餘力。』

「原來如此……」

她似乎沒有意願參加高中部的合唱團。這麼一來，明年我應該也不會參加吧。

有時我會覺得，判斷基準放在學姊身上的自己是個充滿不協調感的存在。

變成這樣的我還過不到一年。

真的是比過往的自身價值觀更該被尊重的嗎？

『沙彌香妹妹呢？當社長很辛苦嗎？』

「要做的事情很瑣碎又多，畢竟我得負責聯絡大家。」

『還得找到很多新社員呢。』

「哈哈哈……」

面對這做不到的難題，我只能笑。然後像是被風奪走時機般陷入沉默。

我的食指毫無意義地一直轉著圈。

明明應該有很多話想說，但為什麼無法順利交流呢。

『我想我們應該不太有機會見面，但我會打電話給妳。』

「好的……啊，我也會打給妳。」

『嗯。』

沉默造訪，我透過電話感受到學姊小小的吐息，尋找著該說些什麼。

在我什麼也找不出的時候，我知道學姊退了。

『那先這樣……』

「好的……晚安。」

『嗯，晚安。』

打完招呼後通話中斷。先掛斷電話的是學姊。

我將打來的電話登記在通訊錄裡，煩惱了一下要登記成什麼名字，後來決定打上學姊。

不知是否下意識地用力了，覺得脖子有點痛。我握著電話，從椅子轉到床上，整個人倒在床上大大地呼了一口氣之後，覺得自己好像要埋進平坦的床舖裡。

是我期待太高了嗎？

結果沒有到達那個高度，只能看著自己「啪」地摔落地面。

我甚至沒有力氣撥開蓋在臉頰上的頭髮，看著電話上的月曆，評估下個月的安排，看到連假的地方停下目光。

五月連假的時候有沒有機會見個面呢。

現在彼此手中都有電話，應該可以跟學姊約在外面碰面。我想起之前學姊打電話來家裡的狀況，然後才想起其實我們還是有辦法聯絡彼此。即使是學姊，要再打電話過來應該也不是太困難的事。

還是因為就是沒有這麼容易，所以學姊才沒打來呢。

這或許無關乎手腳的行動，而是有沒有心的問題。

「…………………………」

要自己獨自走過好幾週的時間，應該算是漫長吧，甚至會磨耗心靈。

學姊難道不會想見我嗎？

學姊可能比我想像之中更成熟。
我無法消化單方面的寂寞感，彷彿長長的絲線在體內交纏。
我彷彿要表達對此狀況的不滿，轉成側躺。
學姊現在期望我怎麼做呢？

我很介意學姊這點依然沒有改變。
不過這跟去年所帶有的興奮不同，有些苦悶。兩者之間有著應該繼續堆積至今累積的事物呢，還是將之清理收拾乾淨的想法差距。我感受到一股不祥的走向。
無論學習還是社團活動，我都有自覺變得不上不下。在小規模考試的成績方面甚至有時表現有些差，儘管我理所當然理解這樣下去不行，但我只是想到學姊，就連行動都會受到影響。我已經過度受到戀愛毒害了。
對這樣的我來說，比起成績緩慢衰退的問題，當下的煩惱更注重在連假是不是要邀約學姊。

在兩天後就要放連假的晚上，我抱著電話不知如何是好。家人和貓看到我在房間裡面沒有坐下、也沒有躺下，只是呆呆站著的樣子，會作何感想呢。

我感覺到給自己設了限制，如果要問，今天就是最後期限。

儘管我有感覺，仍無法行動。

「果然……之前講電話的時候若有問了就好。」

有些問題可以讓時間解決。

當然也有太遲了無法補救的狀況。

結果我沒有發郵件，也沒有打電話給學姊，任憑時間流逝。

春天見到學姊的反應，讓我變得畏縮。

一想到可能會得到跟之前一樣的結果，就不禁駐足。

於是我倆便這樣漸漸遠離。

……事後回想，說不定這就是分歧點。

該說我錯過機會了嗎？

在那之後就沒有連假，我失去了邀約學姊的機會。在五月、六月之中，即使能聽見學姊的聲音，仍無法見到面。在沒有見面的情況下持續講電話也是一種很神奇的狀況，我無法想像學姊在電話的那一頭究竟是什麼樣的表情。

我變得看不清學姊形象了。

電話也大多是我打過去，學姊只有在假日才會打來。

高中部生活可能超乎想像忙碌。

我持續著偶爾打電話給學姊的交流，季節更迭，不知不覺已來到快要放暑假的時期。

從窗戶看出去的自然景色變化，有如鬧鐘般宣告著季節的更迭。

『啊，對喔，沙彌香妹妹已經從合唱團引退了呢。』

「是啊。」

『辛苦妳了喔。』

我揮揮手說「沒的事」，但揮手的方向只有明亮的牆壁。

明明已經過了傍晚時分，外頭的蟬們仍賣力地鳴叫。我家有很多樹，夏天會比其他家庭更吵鬧。我邊關注著窗戶另一頭的合唱，邊和學姊聊電話。

『妳升上高中部之後還要加入合唱團嗎？我之前有去參觀過，她們相當認真地活動喔。』

「我是還沒決定，但既然學姊沒有加入，我應該就不會加入吧。」

『這樣啊。』

這時沉默又像水滴般落下一滴。

以這水滴為中心，在快要開始耳鳴的狀況下，學姊先開口：

『沙彌香妹妹妳……』

但她沒有說完，收回了話。

『不，沒什麼。』

「最近常這樣呢。」

有什麼事情這麼難以忍受嗎？如果有，希望能告訴我，我會改善。

比起兜圈子講話，我喜歡直接快點講清楚。

所以我現在才這樣直接問：

「那個……學姊。」

『什麼事？』

「我想暑假如果能找個機會碰面……這樣。」

我腦中浮現月曆上的許多空白框框。

不過，學姊的回應不怎麼好。

『啊……對不起，我想說要參加暑修……』

「這樣子啊。」

我為了盡量不要表現出失望，一開始就預想了兩種答案。

所以即使放下自己的心，也能繼續對話。

「請加油喔。」

『嗯。』

剩下就是等掛斷電話之後，再大嘆一口氣便可。

只是這樣罷了，我才沒有期待。

我只需要繃緊自己，忍過去就行。

『沙彌香妹妹。』

學姊的聲音打斷我的預定，也因此亂了呼吸步調。

「什麼事？」

『沙彌香妹妹真是好孩子呢。』

突然被稱讚了。是我已經不知道聽過多少次的慣用美麗詞句。

「呃？」

『我應該就是覺得妳的這個部分很好。』

「喔。」

『所謂溫柔雖然看似比比皆是，事實上並非如此。因為不同人會有不同形式的溫柔。我只是覺得，自己應該是喜歡上妳的溫柔方式吧。』

接著很快地說完「我想是這樣」。

「……覺得之前好像也聽學姊這麼說過。」

我對溫柔的形式這樣的表現依稀有印象。

『……咦，是這樣嗎？』

學姊似乎完全不記得。她是隨意說說的嗎……或者根本不在乎。

不過比起當時，我現在比較能明白她想表達什麼。

『對不起喔，我識見淺薄，只能一直跟妳聊重複的話題。』

「不會的，我有種懷念的感覺。」

我與學姊輕笑的聲音重疊。我的笑聲中帶著些許害臊，學姊……如何呢？感覺很像有些得意地說著遙遠過去那般獨特的距離。

「不過學姊真是突然就這麼說呢。」

『我想要整理一下自己的情緒。』

「整理？」

『感覺最近腦中反反覆覆的……我也是會想很多喔。』

學姊補充似地嘀咕「想著各式各樣的事情」，有點像是在對我訴說什麼。

她有被誰說過看起來像什麼都沒想嗎？

我想像著這般我所不知道的學姊。

「說得也是呢。」

『嗯。』

光是她願意對我說這些，就能滋潤我的心靈。

因為即使學姊聊到自己，也都很快就結束話題。學姊雖然說沒什麼可以說的，

但果然還是有，而她願意告訴我，讓我有些開心。

『那先這樣囉。』

「好的，再見。」

今天由我掛斷電話。

通話中斷之後，心情一如預定逐漸黯淡。

沒有學姊陪伴的夏天。我至今仍未經歷過有學姊陪伴的夏天。

整片空白的月曆，在沒有清風吹送的腦海中飛揚。

在夏天開始之前便陷入了黃昏的寂寥，似乎會在迎接夜晚、早晨來臨時消逝。

進入第二學期，當家中的樹木開始更換面貌時。
當天晚上很難得地，學姊打來了。
『沙彌香妹妹，晚安。』
「啊，學姊……晚安。」
我像是要丟開從剛剛起就沒什麼動靜的自動鉛筆般將之放下，接著有如要隱瞞家人一般壓低音量、縮著背，聽著學姊的聲音。
我覺得這跟家裡的貓安心休憩時的姿勢有些相像。
『那個啊，雖然事出突然，但明天可以見個面嗎？』
「明天嗎？」
我不禁確認起日期和星期幾，今天和明天都是平日。
『我會去中學部的中庭，所以約放學後好嗎？』
學姊一反常態，變得格外積極。
「我是沒問題……」
感覺好像從日常中脫軌，讓我產生一股類似抗拒的困惑。學姊要過來這邊？

特地跑來中學部。

「有什麼事嗎？」

是無法用電話講清楚的事情嗎？

『嗯……等見面了我再跟妳說。』

「……這樣啊。」

這種有點吊人胃口的感覺讓我既期待又怕受傷害。

「我會期待的。」

『……嗯。』

學姊的聲音漸漸遠離，最後變得弱小。

掛斷電話之後，我才歪頭不解。

一邊因不知學姊要說什麼而狐疑，一邊又因為可以見到學姊而雀躍。

我瞥了再也沒有增加數量的書架上小說一眼，心想如果能聊聊最近的閱讀心得也好。

希望這像長期持續的老毛病的心情，能夠獲得些許回報。

……然後。

那天也是個晴天。

象徵初秋的鱗片雲下，灑落著和煦的陽光。

碰觸著長椅的手掌漸漸發熱。

我已經有多久沒來學校中庭了呢？至少進入第二學期之後沒有來過，往前回溯將會跨越暑假，來到春天。當時所看到的深綠色樹葉，已開始帶有其他顏色。既然很久沒來這裡，就代表我很久沒有事情需要來這邊。

我沒想到又會在這裡等待學姊到來。

高中部也有類似的中庭設施嗎？明年開始或許可以跟學姊約在那裡碰面，然後繼續下去，到學姊畢業……學姊打算上大學嗎？我們還沒聊到那麼遠，不過就像學姊升上高中部那樣，是總有一天要面對、無法迴避的問題。關於學姊，又增加了一項我所不知情的事。

我伸長脖子，確認學姊是否差不多要來了。儘管制服一樣，但學姊走在放學後的校內應該還是會引人注目。我沒有看到學姊身影，因此只能取而代之地看向校舍。校舍表面上雖然沒什麼改變，但經過了半年還是能觀察出一些細微變化。
牆壁彷彿堆積了夏天留下的髒污般褪色，影子與春天的同樣時間帶相比更加延展。比起半年前、去年，確實有某些東西持續累積成形。無論是髒污或是劣化。
沒有任何事物能永遠停駐地沒有開始也不會結束。
之後過了不久，學姊現身了。
約在這裡碰面的時候，有時是我先到等待學姊，有時是學姊先來……無論哪一種都令人懷念。
彷彿只有我們回到一年前。
我看到學姊到來，從長椅起身，原以為會加快腳步的雙腳，有如催促著般變成了小跑步。學姊與急躁的我相反，停下了腳步，對著奔過去的我淡淡地微笑。
為什麼我會感覺到幾分寂寥呢？
在秋色之下，終於與學姊見面了，但我並沒有填補了彼此距離的感覺。
「妳的頭髮比之前長了呢。」
學姊連招呼都沒打就直接這樣說。

「是嗎？」

我拎起掛在脖子旁的頭髮。前一次和學姊見面跟我拜訪中庭的時間一樣，是在春天。

我跟學姊之間的時間停留在還沒進入春天之前的階段。

「是說，學姊。」

我想問她找我出來有什麼事，但不知為何無法出聲催促她。

我像是想抓住她那樣打算碰觸她的手臂。

但學姊彷彿要躲開我的手般退開。

「……學姊？」

臉上不帶笑的學姊先是一度別開了目光，接著又馬上轉向我。

「沙彌香妹妹，那個啊。」

被她這麼喊的時候，我半是唐突地想起某件事。

已經是兩年半之前了吧。

那是我以新生身分，搭乘還不熟悉的電車來到這裡時的事情。當時接受了許多社團招攬新生，而在那之中有合唱團和學姊。或許因為參加社團的關係，那時候負責招攬的人聲音大多都比較大。

在許多習慣發出大聲量的人之中，學姊以平穩的聲音邀約我。

她問了我的名字，我反射性回答之後，學姊便以親人的笑容呼喊了我。

『是沙彌香妹妹啊，請多指教喔。』

被才見面沒多久的學姊加上妹妹兩字，讓我非常不自在。

為什麼我現在想起這件事呢。

「我們已經不是小孩子了。」

中學生在外面還總是被當成小孩看待。

所以我完全不懂學姊怎麼突然這樣說。

「就是……」

學姊支吾其詞，我也想請她等一下。

「呃……？」

我無法掌握她究竟打算說什麼。

以溫暖且無比平和的景象當作背景，學姊說道。

「我覺得因為好玩而這樣交往不妥。」

驚訝遲緩、漫長且斷斷續續。

令我整個人麻痺般傳導至內心，無法出聲。

心臟彷彿被從外側重重壓迫，呼吸停滯。

重要的事情有很多。

交往。

不妥。

最讓我介意的部分，是好玩這種說法。

好玩、嬉鬧、不是認真的、一時興起。

學姊的喜歡只是想試試看一步跨上兩層階梯那樣的好玩。

……啊啊。

刻意忽略的事物真相一舉浮現。

學姊點出我所看到的事物真相，來來去去的情緒。

那與失望相近，讓學姊的輪廓歪斜扭曲。

與溶解的景色搭配，在白天的陽光下蕩漾。

有如從水底仰望太陽一般，帶著不明確的光輝。

「這只是一時錯亂罷了。」

當我聽到這般發言時，突然體悟自己為何想起那段回憶。

因為學姊的聲音與包含在那之中的溫度，與當時一樣。

「畢竟我們都是女生……對吧？」

搖晃的視野恢復正常，學姊出現在眼前。

學姊臉上那裝模作樣的笑容，看起來像個陌生人。

我想，這就是決定性的關鍵。

「這樣子啊。」

覺得自己的聲音聽起來好像旁邊的人開口說話。

有種自己的視野變成俯瞰角度的錯覺，好像看得見自己的後腦勺。在那之後，我沒有聽清楚學姊說了些什麼，只是垂著頭離開。

我也像事不關己事般逃避，已經聽不見學姊的聲音。

「這樣啊。」

一時錯亂。

好玩。

都是女生。

「嗯哼。」

學姊的聲音在腦中打轉、交錯、糾纏。

視野角落時而像冒火般帶著光與熱，我原以為是流下了淚水而抹了抹眼頭，但指尖並沒有沾濕。意識與染成了一片白的情感相反，漸漸變得清晰。

感覺研磨得敏銳，前方無比清晰晴朗。

無法隱藏內心，暴露在風光明媚之下。
我就這樣不關己事般地觀察著原原本本的、現在的自己，並理解了。
我在生氣。
我現在相當不悅。
我從心底找出為何覺得不悅的理由。
答案指向我那麼努力陪伴的學姊，給我的輕佻道別。
學姊的每句話都太不負責任了。
她什麼都沒想嗎？
是不是連喜歡是什麼都不清楚？
是不是不知道被他人喜歡代表什麼？
為什麼她要對我說那些，又讓我說出那些話呢？
我明明把自己改造成學姊會喜歡的類型。
明明是妳把我變成這樣的。

回到家之後，我只能坐著發呆。

即使垂著頭，眼淚也滴不下來，感覺好像有一大塊布幕蓋住我的心，壓抑著感情。沒有悲傷、憤怒之情，平淡的心只是呼吸著房內的空氣跳動著。

我被甩了。

簡潔地統整狀況。學姊說喜歡我，學姊又說不要因為好玩而交往。好玩。

我瞬間氣急攻心，很想痛揍什麼消氣。

不過怒氣從捏緊的拳頭，像是血流那樣流洩而去。

無力的手臂垂下，又碰觸到了膝蓋。

外頭天氣與我的內心相反，一片晴朗。樹木以不符合秋天景象的晴朗天空為背景，隨著清風搖曳。

除了我與學姊以外的一切事物，都與我的情緒無關。

所以這其實是一件非常小的事情。

真的是枝微末節的小事。
不過唯一的一件小事，卻是我的一切。
失敗這個詞從黑暗中浮現，是最悽慘的感想。
只能認為喜歡上一個人是失敗，遲早會覺得難過。
我不想這樣，並自覺自己正在逃避。
「我該怎麼辦才好呢……」
為了學姊而存在的我，現在失去了所有價值。
我心想，這真是了不起。
將近整整一年的時間，竟如此乾脆地報廢了。
我已經不太記得在那之前的我是怎麼樣的，也對今後的自己完全沒有概念。
與學姊相遇之前的自己是怎樣的人呢？
學姊在意當時的我的什麼地方？
學姊喜歡我的哪些部分呢？
我抱著膝蓋，想起過去曾提出過的問題。

當時學姊回答了什麼？到了現在我已無法清晰回想，甚至連我自己喜歡學姊的哪個部分都變得曖昧不清。學姊是何時變成這樣的呢？

明明是學姊先說喜歡我的。不，所以由學姊提出分手才是正確的嗎？

當她提出分手時，我的腦中一片空白，幾乎什麼話也說不出。說出一些表面話，並努力看清當下狀況就已經耗費了我的全力，但現在我應該可以回話。我會表達怨憤嗎？還是懇求她不要這樣？不過無論說什麼，我都不覺得跟學姊的關係能夠繼續下去。不肯放手只會把僅存的殘渣粉碎殆盡。

我衝動之下刪除了記錄在行動電話裡面的號碼。

與其把怨恨、痛苦、不甘心發洩在她身上，還不如這樣比較好。

我想學姊一定不會再打給我了。

……我並不是沒有預感，從學姊的態度可以窺知一二。我只是假裝沒看到，並且想要相信學姊。不過當我直接面對，被類似頭痛的感覺席捲，就無法再視而不見。將之翻轉，一一回頭審視，就能看見並不想知道的真相。

學姊時常使用「嚮往」這種表現方式。

沒錯，學姊嚮往著與情人之間的祕密互動，還有與情人這種特別的對象打電話、親吻，以及擁有這層關係的自己。

學姊愛上的不是我，是戀愛這種關係本身。

雖說愛上戀愛關係是一種常見的表現手法，但學姊完全符合。

所以——

我認為我的對象必須是學姊，但學姊不是這樣。

學姊的情人是情人，我的情人是學姊。

一方能夠代替，另一方不行。

想著想著，真的開始覺得不舒服了。

之前與祖母的互動茫然浮現。

她說，一旦知道結果，大人就會變得膽小。

我也要變成這樣了。

那麼現在的我，就是成為大人了嗎？

學姊擅自說的那句「已經不是小孩子了」壓在眼皮上。

不是小孩，但也很難說是大人，還失去了學姊所期望的我，那麼我究竟是什麼？

無論怎麼想都沒有答案，也沒有力氣繼續想下去。

覺得好像正發出喀啦碰撞的聲音脫軌，往不知何方前去。

即使想要重新面向前方，心卻一動也不動。

因為被壓抑著，連前後左右都沒有。

甚至沒有想動的力氣，任憑時間無意義地流逝。

如果是這樣，索性——

內心永遠崩潰，不會感覺到悲傷就好了。

我如此希望著，伏下臉。

學姊升上高中部，見面機會減少。

好幾天、好幾個星期都見不到面的日子持續下去，但我相信學姊也會感覺寂寞。

……而這只是我單方面相信，具體並沒有發生什麼。

只是我在作夢。

所以，當夢醒了之後，什麼都沒有留下，也是理所當然。

我以討厭電車通學為由，離開了初高中直升的學校。

這是我第二次為了換個環境說謊，而雙親也接納了我這次的謊言。無論是透過學習許多才藝提升自己，或者就讀周遭的人都說好的私立學校都半途而廢，讓我修正了自己的評價，原來我其實也意外地沒有那麼正經八百。

與某人相遇、被打亂，然後不上不下地結束。

這次真的不要再重蹈覆轍了。

我帶著讓內心堅強的意念，迎接高中入學典禮。

雖然室外也是一樣，但以四月初來說，今天體育館內確實有些冷。碰觸到裡面擺設的椅子腳，有著像是逆流回冬天的冰冷。周圍的新生們或許都因為緊張，全身緊繃地乖乖聽著台上致詞。我也是一樣，不過師長的發言我連一半都沒聽進去。即使刻意不去想，但一個回神，與學姊的互動就會重現在腦海之中。

那只有痛苦，完全沒有快樂可言。

如果是這樣就好了。

正因為不是，所以過往像是不斷反覆翻轉的正反兩面在眼前閃爍，無法平靜。

師長致詞結束，接下來是新生代表致詞。

代表不是我。

入學考試的成績有人在我之上，雖然我不太想認為是學姊造成的影響，但這等於是把我疏於學習的事實擺在眼前。我看著台上，心想如果跟學姊的關係不是那樣就好。不過如果我沒有與學姊相遇，我就會直接升學上友澄的高中部吧。

我輕輕嘆息，在雙腿上握拳。

心裡決定一定要馬上超越這個人。

同時心想「對了對了，就是這樣」並因為湧現的上進心而安心。雖然我有些不安，是否在與學姊有所牽扯的這段時間裡把它們都忘光了，但現在的我確實能夠律己。

我還沒問題。

就像呼氣那樣，不要特地去想，忘了自己的失敗吧。

……忘了吧。全部。讓我也能夠說出，那只是一時錯亂。

究竟要到什麼時候，才能夠這樣看開呢。

『一年三班，七海燈子。』

台上喊出了新生代表的名字，我從這名字得知對方是個女生。

至少現在比我優秀的女生。

我有些不悅，同時湧起了好奇心。因為我沒有太多敗北的經驗。

「是。」

回應的聲音有一點成熟的感覺。

在我斜後方遠處的椅子傳來人站起來的氣息，從腳邊傳上來的冷空氣，感覺好像配合此一狀況產生變化。有種現場的空氣都往那個女孩竄了過去的感覺。

我預感到儘管場面寂靜無聲，仍產生了騷動。

我輕佻地忽視一個鬆懈就想馬上低下頭去的心情，自然地抬起臉。

然後，我看到了她。

就在此時。

看著那微笑的側臉。

那彷彿忘了冰冷空氣，柔軟飄逸的黑色秀髮。

腦中有三個不問大小的潔白圓形光輝擴散。

就在此時。

我滿心後悔。為了逞強認定自己喜歡女生只不過是一時錯亂而決定離開女校，但同時又心想如果要跟學姊繼續走下去該如何是好。同時擔憂因喜歡上學姊，將自己改變成學姊喜歡的形象，這樣的我是否再也無法恢復成原本那個我。只能靠著認定戀愛是無用長物來面向前方，這是無法跟任何一位家人商量的心情。

因為只有麻煩的事情不斷增加，我決定不要再喜歡上任何人了。
我應該是抱持著這樣的想法，現在在這裡的。

就在此時。
一切都不重要了。

在那之後的入學典禮內容，我幾乎沒有印象。
這是我第一次如此無法注意其他事情，這跟專注是不一樣的狀況，感覺視野被壓縮在中央區塊，有種只能看見非常狹窄範圍的壓迫感。總之，我腦子裡面只有「她」。
典禮結束，接著是新生要分別移動到各自的教室去。於是我在走出體育館途中，對著空氣迅速、低調地寫下七海、佐伯兩個姓氏，以免周遭起疑。

因為我們是按照姓氏發音順序排隊，所以我發現她應該在我後面。我從跟著班導背影的人流跨出一步，放慢腳步，並一點一點後退，以縮短我倆之間的距離。

我並沒有什麼特別想法，只是想跟她說說話。

我一步、又一步縮短距離，在眼角餘光發現七海燈子後，整個人僵住。

我再次確認她是七海燈子之後，緊張地心想該怎麼辦。我邊思考要怎麼開口邊瞥了她一眼，卻紮實地與她對上了眼。七海燈子稍稍張大了眼，睜得圓圓的。

我儘管一片混亂，同時也覺得她真是漂亮，腦中快要變成一片空白了。

「七海同學。」

我並沒有動搖到聲音上揚，我想我確實假裝成不經意地找她搭話的樣子。

相較於此，七海燈子則出現先是「喔唷」地頓了一拍的反應。我從她細微的眼神變化可以猜出她正狐疑著自己有對我報過姓名還是我認識她嗎的樣子。

「因為新生致詞的時候叫過妳的名字。」

「啊，這樣啊。」

新生致詞時在遠處響起的聲音，現在離我很近。

七海燈子就在理所當然的態度、距離之中。

七海燈子的目光先游移了一陣，緩緩地繞了一圈之後才詢問我：

「妳覺得致詞如何？有沒有什麼奇怪之處呢？」

這話題聽起來雖然輕鬆，但從她聲音的態度之中能得知，她想要確實的感想。

因為她氣勢十足，一點都不像新生，所以我有些意外她會確認這點。

所以我也沒有裝模作樣，照實說出了感想。

「非常棒。」

如果是平常的我，應該會悄悄生出一股競爭意識吧。

不過，現在的我並沒有興起這樣的浪頭。

因為那被更大的感情浪潮吞沒，消滅了。

「那就好。」

七海燈子安心似地稍稍放鬆了嘴角。接著立刻隱藏這樣的鬆懈，以雙眼看著我。我覺得她的眼光是在詢問我的名字。

「佐伯。佐伯沙彌香。」

這是我升上高中之後，第一次向人自我介紹。

另一方面，恐怕所有新生都知道七海燈子的名號。

她走在我的前方一步、兩步，我覺得這之中有牽引我內心的因素存在。

「佐伯同學啊，請多指教。」

「嗯。」

我倆轉向前方，對話就此中斷。這也是當然，目前並沒有什麼值得特別拿出來說的話題。

我們都還不了解彼此。

即使有，一切也都要從現在開始。

當能夠看見我們的教室時，七海燈子再次詢問了我。

「對了，妳有興趣加入學生會嗎？」

「學生會？」

「我打算加入學生會，佐伯同學呢？」

我們避開教室入口，在旁邊停下。

才剛開學就已這樣決定，感覺有些稀奇。

若是延續中學時代便參加的社團活動還算可理解，但她是想要加入學生會。是因為她嚮往學生會的活動嗎？或者另有原因？

「學生會裡面有認識的人嗎？」

因為追著某人的腳步而想加入一類？

以我的立場，只是簡單地詢問她是否有兄姊在。

不過她的回答的確有一些隱情與空檔。

「沒有。」

不知是她不擅長說謊，或者動搖比想像中更嚴重，總之她的反應顯而易見。聲音和態度也像冬天土塊般僵硬。

我覺得應該有什麼隱情吧，不過我們還沒有親近到可以追究的程度。

於是我主動改變話題。

「學生會啊……為什麼邀我？」

我們只講了幾句話而已，我問她為什麼邀我一起。

因為話題改變，七海燈子的情緒也舒緩了一些。她將手指抵在臉上，像是凝視著有些艱難的東西一樣瞇細了眼。

「嗯……因為妳看起來很正經？」

「這還真是光榮。」

覺得以前好像也有人這麼說過。所以不管誰來看我都有這樣的形象嗎？

雖說每個人都是獨立的個體，都有不同的特質，但普遍來說還是沒有太大差別。

或許就是有這樣的狀況。

無論誰來看，應該都會覺得七海燈子是個美女。

「或許不錯。」

如果是她來邀約，不管排球隊或者壘球隊，我應該都會參加。

在近距離之下重新端看，我的情感已整片染成七海燈子的顏色，並且受到她吸引。

她在與我之間開出一條河流，形成海洋，製造流動。

她閃閃發光的程度令水面如此炫目，到了這一步，已經美麗到我無法直視。

「請多指教了。」

她以親人的笑容歡迎我。在近距離下被投以這樣的笑，我擔心還不習慣的時候，耳朵和臉頰是否會泛出紅潤。

不過她的笑容，讓我知道我們之間還有一段距離。

甚至可以說，她的表情是為了保持距離而存在。

我一有這樣的感受之後，突然更有興趣了。

我邊進入教室，邊想起了受邀加入合唱團時的事情。

當時與學姊相遇……並且失敗。

但又有人執起這隻手。

像是要忘卻產生的傷與痛那般重複。

我有點想笑自己，真是學不乖。

接著大笑，或許真是如此。

後來，她改以沙彌香稱呼我。
而我也改以燈子稱呼她。
與這樣的七海燈子相遇後，我接受了。
不是理解，也不是放棄，擺在眼前的只有接納自己。
我，只會喜愛上女孩子。

後記

這次由我負責擔綱《終將成為妳》的小說版撰寫工作。

本書內容簡言之是與佐伯學姊有關的前傳故事，採用了後續內容請參照漫畫版的形式。雖然我希望能有機會再寫下那之後的後續，但這部分並不是我一個人說了算的事情，所以請當成我個人的意見看待。

負責插畫……以這次的狀況而言，應該說是我負責撰文。

主角當然還是仲谷老師。

那，由我來寫後記是不是有點怪怪的？

有點像是繪製插畫的某某某出面寫後記這樣。

算了，不追究吧。

謝謝各位閱讀本書。

午安，我是《終將成為妳》的原作者仲谷鳰。雖然我認為要將自己創造的角色託付給別人，需要相當大的勇氣，但一聽說負責撰寫外傳小說的作家是入間人間老師，我就立刻將她託付出去了。我的判斷真是正確，感謝老師寫出這麼棒的小說。因為老師筆下的沙彌香真的太有沙彌香的風格了，讓我一邊讀，一邊細數自己到底忍不住脫口說出幾次「沙彌香」，也是挺好玩的。
仲谷鳰

Kadokawa Light Novels

6天6人6把槍 1～結（完）

作者：入間人間　插畫：深崎暮人

入間人間錯綜複雜的群像劇結局將至。
6人圍繞著6把手槍的命運將如何轉動？

槍枝販子委託首藤祐貴處理下一個目標。綠川圓子被迫收留金髮青年徒弟的妹妹和狗。黑田雪路與小泉明日香共進早餐。岩谷香菜遭到綁架，一線生機是圓滾滾的狗。花咲太郎與二条終一同找起香菜與圓滾滾的狗。時本美鈴纏上木曾川，理由是閒著沒事。

各 NT$180~190/HK$55~58

台灣角川

安達與島村 1~7 待續

作者：入間人間　插畫：のん

安達在祭典時向島村告白，
兩人變成了女朋友與女朋友的關係！

安達在祭典時向島村告白以後，兩人變成了女朋友與女朋友的關係。暑假也已經結束，迎來了新學期。雖然開始交往了，但是跟以往會有什麼變化嗎？兩人對於交往該做些什麼才好還是不太懂。跟至今有些許不同的高中生活即將展開。

台灣角川

各 **NT$160~180/HK$48~55**

三角的距離無限趨近零 1 待續

Kadokawa Fantastic Novels

作者：岬鷺宮　插畫：Hiten

我愛上的那個女孩體內住著兩個靈魂——
與雙重人格少女譜出的三角戀愛故事。

存在於一具身體裡的兩個靈魂——無論何時都貫徹自我的文靜轉學生「秋玻」；生性溫柔卻有些脫線的少女「春珂」。我協助春珂在校園生活中順利扮演秋玻，並請她幫我追秋玻作為交換條件。然而，在知曉她們祕密的過程中，我也逐漸跟著扭曲——

NT$220/HK$73

青春豬頭少年不會夢到紅書包女孩

作者：鴨志田 一　插畫：溝口ケージ

酷似童星麻衣的小學生出現在咲太面前？
另一方面，咲太母親表達想見花楓一面……

咲太在七里濱海岸等待麻衣時，酷似童星時代的麻衣的小學生出現在他面前？此外，花楓事件之後就分開住的咲太父親傳達長年住院的母親「想見花楓」的心願。家人的羈絆，新思春期症候群的徵兆──劇情急轉直下的青春豬頭少年系列第九彈！

各 **NT$200~260/HK$65~78**

國家圖書館出版品預行編目資料

終將成為妳：關於佐伯沙彌香 / 入間人間作；何陽譯. -- 初版. -- 臺北市：臺灣角川, 2020.01-
冊；　公分. -- (Kadokawa fantastic novels)
譯自：やがて君になる 佐伯沙弥香について
ISBN 978-957-743-506-4(第1冊：平裝)

861.57　　108019516

Kadokawa
Fantastic
Novels

終將成為妳 關於佐伯沙彌香 1

（原著名：やがて君になる 佐伯沙弥香について 1）

2020年1月22日 初版第1刷發行
2024年6月17日 初版第8刷發行

作 者：入間人間
插 畫：仲谷 鳰
日版設計：BALCOLONY.
譯 者：何陽

發 行 人：台灣角川股份有限公司
總 監：呂慧君
總 編 輯：蔡佩芬
主 編：林秀儒
編 輯：邱璨萱
設計指導：陳晞叡
美術設計：李思穎
印 務：李明修（主任）、張加恩（主任）、張凱棋、潘尚琪

發 行 所：台灣角川股份有限公司
地 址：104台北市中山區松江路223號3樓
電 話：（02）2515-3000
傳 真：（02）2515-0033
網 址：www.kadokawa.com.tw
劃撥帳戶：台灣角川股份有限公司
劃撥帳號：19487412
法律顧問：有澤法律事務所
製 版：巨茂科技印刷有限公司
ISBN：978-957-743-506-4

YAGATE KIMI NI NARU SAEKI SAYAKA NITSUITE Vol.1

Edited by 電撃文庫
First published in Japan in 2018 by KADOKAWA CORPORATION, Tokyo.
Complex Chinese translation rights arranged with KADOKAWA CORPORATION, Tokyo.